KB054630

한국해양대학교 박물관
해양문화정책연구센터
해양역사문화문고 ③

삼별초의 항쟁

정진술

지은이 **정진술(鄭鎭述)**

1974년 해군사관학교를 졸업한 후 1985년 해군대학을 졸업했으며, 동아대학교 대학원 사학과에서 문학석사 학위를 취득했다(1991). 해군사관학교 박물관 기획실장(1987-2008)과 사학과 강사 및 전임강사(1994-2002)를 역임했고, 문화재청 문화재 전문위원 겸 감정위원(1997-2008)으로 활약했다. 현재 이순신리더십국제센터 석좌교수로 활동하고 있다.

주요 논저 : 『한국의 고대 해상교통로』, 『한국해양사(고대편)』 등
E-mail : jg7100@hanmail.net

해양역사문화문고③
삼별초의 항쟁

2019년 3월 20일   초판 인쇄
2019년 3월 25일   초판 발행

지은이 정진술
펴낸이 한신규
편 집 이은영

펴낸곳 **글터**
　　서울시 송파구 동남로 11길 19(가락동)
　　T 070.7613.9110 F 02.443.0212 E geul2013@naver.com
등 록 2013년 4월 12일(제25100-2013-000041호)

ⓒ정진술, 2019
ⓒ글터, 2019, printed in Korea

ISBN 979-11-88353-11-8 03910   정가 10,000원

2014년 4월 16일은 우리 해양사에서는 결코 잊혀지지 않을 비극의 날로 기록될 것이다. 그러나 이러한 비극적인 일이 바다에서 일어났다고 해서 우리가 바다를 경원시하거나 두려워해서는 안될 것임은 분명하다. 지난 두 세대 동안 우리나라의 해양산업은 조선 세계 1-2위, 해운 세계 6위, 수산 세계 13위권으로 성장하였다. 그러나 해양계에서는 정부와 국민의 해양 인식이 매우 낮다는 사실을 지적하고, 삼면이 바다인 우리나라가 한 단계 도약하기 위해서는 바다를 적극적으로 이용하고 개척해야만 한다고 주장해 왔다. 이런 상황에서 발생한 '세월호' 사고는 우리 국민들의 배와 바다에 대한 인식을 기존 보다 더 악화시켜 버린 결정적인 계기가 될 것임은 자명하다.

그러나 우리가 배와 바다를 멀리 하려해도 부존자원이 적고, 자체 내수 시장이 작은 우리의 현실에서는 배를 통해 원자재를 수입해서 완제품을 만들어 해외로 수출하지 않으면 안되는 경제구조를 갖고 있다. 그러한 까닭에 우리는 단순히 배와 바다를 교통로로 이용하는 데 그칠 것이 아니라, 배와 바다를 연구하고, 도전하고, 이용하고, 투자하여 미래의 성장 동력이자 우리의 삶의 터전으로 삼지 않으면 안된다. 이러한 사실을 기성세대에게 인식시키는 데는 많은 노력을 기울여야 하는 데 반해, 그 효과를 기대하기는 어렵다. 따라서 우리의 미래를 짊어질 다음 세대들에게 바다의 역사와 문화, 배와 항해, 해양 위인의 삶과 역사적 의미 등을 가르쳐 배와 바다를 아끼고, 좋아하고, 도전하고, 연구하는 대상으로서 자기 삶의 일부로 친근하게 느낄 수 있도록 교육하는 일이 무엇보다 중요하다. 왜냐하면 우리의 미래를 이끌고 갈 주인공이 청소년들이기 때문이다.

다른 분야와 마찬가지로 우리의 청소년들이 지식과 사고력을 기르는 기본 도구인 교과서에 해양 관련 기사가 매우 적다는 것은 익히 알려진 일이다. 그나마 교과서에 포함된 장보고, 이순신, 윤선도, 삼별초 등의 해양관련 기사도 교과서의 특성상 한 쪽 이상을 넘어가기는 매우 어렵다. 이러한 두 가지 점에 착안하여 우리의 미래를 이끌어갈 청소년들에게 교과서에서 미처 배우지 못한 배와 항해, 해양문학, 해양역사, 해양위인, 해양문학과 관련된 내용을 배울 수 있는 부교재로 활용되었으면 하는 바람에서 해양역사문화문고를 간행하게 되었다. 중고교의 국어, 국사, 사회 등 교과서에 실린 바다 관련 기사의 내용을 보완하는 부교재로 널리 활용되고, 일반인들이 바다의 역사와 문화의 중요성을 재인식하는 데 도움이 되었으면 하는 마음 간절하다.

이 문고가 간행되는 데 재정 지원을 해주신 트라이엑스(주)의 정헌도 사장님과, 도서출판 문현의 한신규 사장님과 편집부 직원들에게 감사의 말씀을 전한다.

2019년 초
김 성 준

고려는 12세기에 이르러 여러 가지 사회적 모순이 쌓이면서 많은 문제점이 나타났다. 이로 말미암아 '이자겸의 난'(1126)이 일어난 데 이어 '묘청의 서경 천도 운동과 반란'(1135)이 일어났고, 마침내는 무신 정변(1170)이 일어났다.

무신들이 권력을 장악하자 일부 문신 세력이 봉기하였으나 실패하였다. 그리고 도리어 국왕과 많은 문신들이 무신들에게 살해되었다. 그 후 무신들 사이에 내분이 일어나 무신 권력자들이 잇달아 피살되면서 드디어 최충헌이 최고 권력자가 되었다. 최충헌은 임금을 폐위하고 세우는 것을 자기 마음대로 하였다. 최충헌을 시작으로 하여 이 후 4대 60여 년간 (1196-1258) 최씨 무신 정권이 지속되었다.

13세기에 접어들면서 중국 대륙에는 커다란 변화가 일어났다. 북방의 초원에서 칭기즈칸이 몽골 제국을 건설하여 금나라를 공격하면서 동아시아 지역으로 세력을 확장하기 시작하였다. 이 때, 금나라에 복속되었던 거란족이 몽골의 침입을 계기로 반란을 일으켰다가 몽골군에 쫓겨 고려를 침략하였다. 고려는 몽골군과 연합하여 서경(지금의 평양) 부근의 강동성에서 거란군을 물리쳤다. 이를 계기로 고려는 몽골과 공식적인 외교 관계를 맺었다. 이 후 몽골은 고려에 많은 물자를 요구함으로써 고려는 몽골에 대한 반감을 갖게 되었다. 마침 고려에 왔다가 귀국하던 몽골 사신이 압록강 너머 요동 지방에서 피살되는 사건이 일어나자, 고려와 몽골의 외교 관계는 단절되었다.

고려와 몽골은 한동안 긴장 상태를 유지하였으나, 결국 몽골의 침략으로 전쟁이 시작되었다(1231). 당시 고려는 백성들과 관군이 하나가 되어 몽골군에 맞서 싸웠다. 고려는 몽골군의 침략을 받자 수도를 강화도로 옮기고 40여 년간(1231-1273) 끈질기게 대항하였다. 최씨 정권은 모든 주민이 섬이나 산성에 들어가서 몽골군과 싸우도록 하였다. 농민과 천민들은 용감히 싸워 큰 성과를 거두었다.

최씨 정권은 강화도에 피란하여 있으면서도, 몽골군의 침략에 시달리는 백성들을 외면한 채 사치스런 생활을 하고, 정권 유지를 위하여 조세를 더 거두어들이는 등 무리한 정책을 폄으로써 민심을 잃었다. 이러한 때에 최씨 정권의 권력자 최의가 피살되고 마침내 최씨 정권은 무너졌다.

몽골군과의 전쟁을 주도하여 온 최씨 정권이 무너지자 드디어 몽골군과 강화가 이루어졌다. 그렇지만 국왕과 문신 세력이 정치의 주도권을 장악하지 못하고 여전히 무신들이 권력을 장악하였다. 무신들은 몽골군과의 강화조건인 개경으로의 환도를 거부하였으나, 무신의 마지막 권력자인 임유무가 제거됨으로써 고려 정부는 마침내 강화도로부터 개경으로 환도하였다.

무신 정권의 군사적 기반이었던 삼별초는 개경 환도에 반대하여 몽골에 대한 항쟁을 계속하였다. 삼별초는 강화도에서 멀리 진도로 내려가 둥지를 틀고, 여·몽 연합군과 싸웠다. 원래 삼별초는 최씨 정권의 집권자였던 최우가 야간 경비를 위하여 설치한 야별초가 확대된 것으로서, 좌별초·우별초 그리고 몽골의 포로가 되었다가 탈출한 군사들로 조직된 신의군을 일컬었다.

진도가 함락되자 삼별초의 일부는 다시 제주도로 근거지를 옮겨 항전을 계속하였으나 결국에는 진압되었다. 삼별초의 항전은 고려 무인의 전통과 고려인의 자주 정신을 보여 준 것이었다. 이 책은 삼별초의 대몽항쟁의 역사를 시대순으로 기술한 것이다.

몽골은 우리 역사에서 오랫동안 몽고로 불려 왔다. 1990년에 몽골과 국교가 열린 이후부터는 몽고를 공식적으로 몽골로 부르고 있다. 이러한 추세를 고려하여 이 책에서도 몽골로 부르고자 한다.

정진술

목차

1 고려 무신 정권과 삼별초

　삼별초란 세 개의 별초로 이루어진 군대를 일컫는 말이다. 세 개의 별초는 각각 좌별초·우별초·신의군이다. 고려에는 일찍부터 별초라고 불리는 군대가 있었다. 별초는 글자 그대로 특별히 가려 내어 뽑은 군사로 이루어진 군대라는 뜻이다. 전투에서 별초는 흔히 부대의 맨 앞에 서는 용감한 군인들이었다.

　별초가 고려의 역사 기록에 처음 나타나는 것은 1174년(명종 4)이다. 이 해에 서경 유수 조위총이 무신 정권에 반발하여 반란을 일으켰는데, 고려 정부는 군대를 보내어 반란군을 토벌하도록 하였다. 토벌군은 이 때 생명을 돌보지 않고 용감하게 싸울 군인들을 선발하였다. 그리고 선발된 군인들로서 별초를 만들었는데, 이를 전봉 별초(戰鋒別抄)라 불렀다. 당시 전봉 별초의 지휘관인 도령에는 최충헌이 임명되었다. 최충헌은 뒤에 최씨 무신 정권을 열어 오랫동안 막강한 권력을 휘둘렀던 사람이다.

　별초가 삼별초로 발전되었던 배경을 이해하기 위하여 고려 무신 정권이 어떻게 형성되고 변화되었는가를 살펴보기로 하자. 왕건이 고려를 건국한 후, 고려 사회는 크고 작은 우여곡절을 겪으면서 6대 성종 때에 이르러서는 나라의 기반이 안정되었다. 11대 문종 때가 되면, 귀족 관료들은 문벌을 이루고, 문벌 귀족들은 국왕을 도와서 나라를 잘 다스려 고려는 문물이 크게 번성하였다. 뿐만 아니라 대외적으로 중국 대륙의 요나라와 송나라와도 원만한 관계를 유지하여 전쟁이 없이 백성들도 평안한 생활을 누릴 수 있었다. 11세기 고려는 그야말로 태평성대였다.

12세기에 들어서면서 고려 사회는 크게 동요하였다. 1123년(인종 1)에 인종이 14세의 어린 나이로 왕위에 오르자 인종의 외할아버지인 이자겸이 권세를 부렸다. 이자겸은 함부로 남의 토지를 빼앗고 뇌물을 받는 등 심한 횡포를 부렸다. 인종은 이자겸을 점차 미워하게 되었고, 몇몇 신하들은 마침내 임금의 허락을 받아 군사를 거느리고 이자겸의 측근 세력을 처형하였다. 이에 이자겸이 군사를 거느리고 도리어 국왕이 있는 궁성을 공격하는 반란을 일으켰다. 그러나 이자겸의 반란은 실패하였으며, 그는 전라도 영광으로 귀양을 가서, 그 곳에서 죽었다.

이자겸의 반란으로 고려는 정치적 기강이 해이하여지고, 많은 인명이 살해되었으며, 궁궐은 거의 모두 불에 타서 없어졌

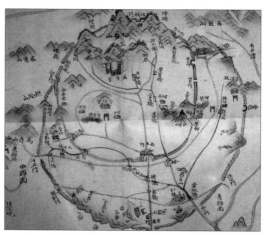

1872년의 개성부 지도 (서울대학교 규장각 소장)

다. 개경은 매우 스산한 분위기였다.

이 때, 중국 대륙에는 금나라가 동아시아의 새로운 강자로 떠올랐다. 고려는 금나라에 대하여 신하의 예절을 표시하였지만, 금나라는 고려에 대하여 압박을 가하였다. 이러한 나라 안팎의 정세를 배경으로 하여 고려 내에서는 서경으로 천도하자는 운동이 일어났다.

'서경 천도 운동'은 서경 출신의 문신인 정지상과 승려 묘청을 중심으로 활발하게 펼쳐졌다. 이들 서경 천도파는 서울을 개경에서 서경으로 옮겨 정치적 권력을 장악하려 하였다. 그들은 서로 말하였다.

"우리들이 만약에 임금을 받들고 서경으로 옮겨 상경(上京, 여러 개의 서울 가운데 하나)으로 삼으면 마땅히 중흥공신(나라를 크게 부흥시킨 공로가 있는 신하)이 되어 다만 한 몸의 부귀뿐만 아니라 또한 자손들까지도 무궁한 복을 누릴 것이다."

서경으로 천도가 이루어진다면, 이들 서경 천도파가 개경에 기반을 둔 문벌 귀족들의 세력을 억누를 수 있게 되었다.

서경 천도파는 이와 같은 자기들의 목적을 달성하기 위하여 당시 유행하고 있던 '지리 도참설' 등을 내세웠다. 곧 개경은 기업(대대로 전하여 오는 사업과 재산)이 이미 쇠퇴하여 궁궐이 모두 불타 남은 것이 없으나 서경에는 왕의 기운이 서려 있다는 것이다. 이에 인종의 마음도 움직여 마침내 1128년(인종 6)에는 서경 부근에 궁궐을 짓고 왕도 자주 방문하였다.

이렇게 서경 천도 운동이 추진되면 될수록 그에 반대하는 개경 문벌 귀족들의 목소리도 높아졌다. 이에 묘청은 무력을 행사하여서라도 자기들의 목적을 달성하고자 1135년(인종 13)에 서경에서 반란을 일으켰다. 반란 세력들은 군사·교통상의 요지인 절령(황해도의 자비령)을 가로 막고는 나라 이름을 대위(大爲)라 하였다.

개경 정부는 김부식(『삼국사기』의 저자)을 반란군 토벌의 원수(총책임자)로 임명하여 군대를 보내 1년 만에 진압하였다. 흔히 '묘청의 난'으로 알려진 이 반란 사건은 고려 귀족 사회를 다시 한 번 크게 흔들어 놓았다.

인종이 죽고 의종이 즉위한 후, 고려는 정치적 사회적으로 더욱 혼란스러워졌다. 의종이 왕위를 잇자마자 곧바로 모반 사건이 일어났다. 그런데다가 이미 아버지인 인종 때부터 임금의 권위도 크게 떨어져 있었으므로, 의종은 국왕으로서의 뜻을 마음대로 펼칠 수도 없었다. 의종은 이와 같은 어려운 상황을 헤쳐 나가기 위하여 측근 신하들에게 의지하였다.

의종은 시를 좋아하여 왕의 주변에는 문신들이 많이 모였다. 더구나 왕이 격구(말을 타고 달리면서 막대기로 공을 치는 운동 시합) 등과 같은 무예를 즐기고 신변의 호위에도 각별히 신경을 썼으므로 자연스럽게 무신들도 측근 세력을 이루었다.

의종은 죽지 않고 오래 사는 일에 관심이 많아서 자주 기복 행사를 벌였다. 소풍놀이를 자주 나가서는 측근 문신들과 시를 짓고 연회도 즐겼다. 의종은 국왕으로 재위한 24년간 거의 달마다 소풍놀이를 나갈 정도로 그 행동이 지나쳤다. 놀이 장소도 한 곳이 아니라 매번 다른 곳을 찾아다녔다. 명승지를 만나면 곧바로 그 곳에 궁궐과 정자도 지었다. 임금이 이러하니 나라 살림은 물론이거니와 관직의 임명도 제대로 될 리가 없었다. 자연히 백성들에 대한 수탈도 심할 수밖에 없었고, 인민은 도탄(극도로 곤궁함)에 빠졌다. 신하들이 여러 차례 상소를 올려 바른 정치를 펼치도록 타이르기도 하였지만 왕은 아랑곳하지 않았다. 그에 따라 정치 기강도 점점 문란해져만 갔다.

나라의 정치가 이처럼 혼란한 가운데, 국왕의 놀이 시설의 건설 등으로 토목 공사가 그칠 날이 없었다. 백성들은 토목 공사에 동원되어 많은 고통을 겪어야 하였다. 이 때의 일로『고려사』에 전하여 오는 슬픈 이야기가 있다.

"국왕의 놀이터인 정자를 짓기 위하여 역사(役事)에 동원된 백성들은 자기 식량을 가지고 와야 하였다. 그 중 한 사람은 몹시 가난하여 식량을 구할 길이 없었다. 그래서 함께 일하는 사람들이 한 술씩 모아서 먹였다. 하루는 그의 아내가 밥과 반찬을 푸짐하게 갖추어 가지고 왔다. 아내는 남편에게 권하면서 친한 사람들을 불러서 같이 먹으라고 하였다.

남편이 궁금하여 물었다. '집이 가난한데 어떻게 식량을 마련하였소? 남의 남자와 친해서 돈을 얻었소? 그렇지 않으면 남의 물건을 도적질하였소?'

아내는 조용히 대답하였다. '내 얼굴이 못 났으니 누가 나를 친하려 하겠소? 내 성격이 옹졸하니 어찌 남의 물건을 도적질할 수 있겠소? 다만 나의 머리카락을 잘라서 판 돈으로 식량을 구하였을 뿐이오.' 그러면서 아내는 수건을 벗어 자기 머리를 남편에게 보였다.

남편은 목이 메여 그 음식을 먹지 못하였다."

고려는 정치적 · 사회적으로 큰 위기가 닥쳐오고 있었다. 여기에 더하여 국왕의 측근 세력들 사이에서도 틈이 벌어지고 있었다. 측근 문신들이 경박한 행동으로 호위하는 무신들과 갈등을 빚고 있었다. 그럼에도 불구하고 국왕과 측근 신하들은 태평성대를 내세워 백성들을 속이면서 어려움에 대처하려는 안이한 태도를 취하였다. 고려의 문벌 귀족 사회는 바야흐로 폭풍 전야에 직면하고 있었다.

마침내 1170년(의종 24)에 큰 일이 벌어지고야 말았다. 무신들이 정변을 일으켜 국왕을 거제도로 귀양 보내고, 수많은 문신들을 학살하였다. 상장군 정중부를 중심으로 한 무신들의 정변은 실로 고려 사회에 큰 파란을 일으켰다. 이 정변은 이 후 약백 년 동안 이어진 무신 정치의 시작을 알리는 사건이었다.

무신들이 정변을 일으킨 근본적인 원인은 고려 초기 이래로 굳어져 온 숭문억무(崇文抑武 : 문인을 숭상하고 무인을 억누름)의 정치에 있었다. 원래 고려 태조는 무인으로서 나라를 차지한 만큼 태조 때에는 문무의 차별이 없었다. 그 뒤로 세월이 흘러 여러 제도가 정비되면서 차츰 문무의 차별이 생겨났다. 무신이 문신의 아래에 놓이게 된 것이다.

일찍이 1014년(현종 5)에는 몇몇 무신들이 그러한 차별 대우에 항거하여 반란을 일으키기까지 하였다. 무신들의 항거는 불과 5개월 만에 끝나고 말았다. 이러한 사건을 겪은 이 후로도 계속하여 무신들에 대한 차별 대우는 변함이 없었다.

　고려의 무신은 제도적으로 정3품인 상장군이 최고 직위이어서 그 이상의 승진은 어려웠다. 2품 이상의 재추직(2품 이상의 재상을 일컫는 말)은 문신이 독차지하도록 되어 있었다. 거기에다가 마땅히 무신들이 맡아야 할 군대의 최고 지휘 통솔권도 문신이 장악하고 있었다. 상원수(上元帥)가 되어 거란의 침입을 물리친 강감찬은 무신이 아니라 과거에서 장원으로 급제한 문신이었다. 여진족을 정벌하고 9성을 쌓은 윤관이나, 묘청의 난을 토벌할 때에 토벌군의 사령관직을 맡았던 김부식도 역시 문신이었다. 무신들은 싸움터에서 적과 싸우는 전투 기술자 내지는 귀족 정권의 호위병으로 전락하여 있었으며, 천대받는 대상이 되었다. 이처럼 무신들은 문신에 비하여 정치적·경제적으로뿐만 아니라 사회적으로도 현저하게 낮은 대우를 받아야 하는 것이 당시의 실정이었다.

　인종 때, 왕이 참석한 어느 행사에서 문신과 무신이 함께 뒤어놀며 즐긴 적이 있었다. 그 때 내시 김돈중이 나이는 어린데 촛불을 가지고 무신인 정중부의 수염을 태웠다. 정중부가 화가 나서 김돈중을 붙잡고 곤욕을 보였다. 그러자 김돈중의 부친인 김부식이 왕에게 말하여 정중부를 매질하려 하였다. 왕은 정중부의 위인을 비범하게 여기고 있던 터라, 그를 은밀히 도망치게 함으로써 정중부가 화를 면한 일이 있었다. 이로 말미암아 정중부는 김돈중에게 원한을 품게 되었다.

의종 때, 왕이 보현원(경기도 파주시 장단)으로 소풍놀이를 나갔다. 흥취가 오르자 왕은 군사들에게 오병수박(5명끼리 서로 힘을 겨루는 권법) 놀이를 시켰다. 대장군(종3품) 이소응이 한 사람과 겨루다가 이기지 못하고 달아났다. 그러자 젊은 문신인 한뢰가 이소응에게 다가가서 뺨을 후려친 적이 있었다.

이처럼 문신들이 무신들을 업신여기는 풍습이 널리 퍼져 있었다. 이러한 현실 속에서 무신들의 불만은 점차 높아져만 갔다.

『고려사』 우학유 열전에 이러한 이야기가 전하여 온다. 우학유의 부친인 무신 우방재가 항상 아들에게 훈계하여 말하였다.

　　"무신이 문신에게 멸시를 당한 지가 오래되었다. 어찌 분함이 없겠느냐? 문신을 제거하는 것은 썩은 나무를 쓰러뜨리는 것처럼 쉬운 일이다. 그러나 문신이 해를 입으면, 그 화가 역시 우리 무신에게도 곧 미칠 것이니, 너는 마땅히 행동을 삼가거라."

또 유자량 열전에도 이러한 이야기가 전하여 온다. 유자량이 선비 가문의 자제들과 계 모임을 만들기로 하였다. 그러면서 무인 오광척과 문장필을 가입시키려고 하니 다른 사람들이 모두 반대하였다. 그래서 유자량이 말하였다.

"사귀는 친구들 중에는 문무를 구비하는 것이 좋다. 만일 그들을 거절하면 후일에 반드시 후회할 때가 있을 것이다."

이에 여러 사람들이 동의하였다. 그 후 얼마 안되어 무신들의 정변이 일어났을 때, 과연 오광척과 문장필의 도움에 힘입어 계에 가입한 사람들은 모두 무사할 수 있었다.

이러한 이야기들로 짐작하여 볼 때, 무신들의 봉기는 꽤 오래 전부터 분위기가 성숙되어 있었다. 그럼에도 불구하고 국왕 의종은 아랑곳하지 않고 흥청망청 소풍놀이를 계속하였다.

1170년(의종 24) 8월, 왕이 개경 근처의 명승지로 놀이를 나갔을 때, 정중부 등은 마침내 정변을 일으킬 계획을 세웠다. 왕이 놀이 장소를 보현원으로 옮기려고 이동하면서 술에 취하여 군사들에게 오병수박 놀이를 시켰다. 이 때, 앞서 말한 대장군 이소응이 젊은 문신에게 뺨을 얻어맞은 사건이 발생하였다. 이를 지켜보던 왕은 여러 문신들과 더불어 손뼉을 치며 웃었다. 날이 저물어 왕의 일행이 보현원에 도착하였다. 마침내 대장군 정중부, 견룡 행수 이의방 · 이고 등이 움직이기 시작하였다. 그들은 왕의 명령이라 속이고 군사를 모아 거느리고, 왕을 호종하는 문신들을 살해하였다. 정변이 시작된 것이다.

무신들은 개경으로 돌아와 사람을 시켜서 길에서 외쳤다.

"무릇 문신의 모자를 쓴 자는 비록 서리(하급 문신)일지라도 씨를 남기지 말라."

그러면서 무려 50여명의 문신들을 닥치는 대로 죽였다. 정중부 등은 왕을 폐위시켜 거제도로, 태자는 진도로 내쫓았다. 그리고 왕의 동생을 맞이하여 새로운 국왕으로 삼았다. 곧 제19대 임금인 명종이다. 그리하여 고려의 정권은 자연히 무신들의 손으로 넘어갔다.

무신들의 정변이 발생한지 3년 후인 1173년(명종 3)에 동북면 병마사(함경도 방면의 군사 지휘관) 김보당이 무신 정권에 반대하여 군사를 일으켰다. 문신인 김보당은 무신 정권에 참여하였으나 문란하여진 정치 질서를 바로 잡고자 하였다. 그는 동북면의 병권을 맡게 된 것을 기회로 삼아 정중부와 이의방을 처단하고자 하였다. 그는 폐위된 의종을 국왕으로 다시 복위시킬 계획이었다. 김보당은 예하 장수에게 군사 수백 명을 주어 거제도로 보냈다. 그리고 전 국왕 의종을 받들고 경주로 나와 있게 하였다. 그러나 김보당은 안북 도호부(서북면 병마사의 본영)에서 붙잡혀 개경으로 압송되어 죽음을 당하였다. 의종도 무신 정권의 토벌군 대장으로 파견된 이의민에게 참혹하게 살해되었다. 이로써 반란은 불과 3개월 만에 실패하고 말았다. 김보당의 반란 사건으로 말미암아 또다시 문신들에 대한 대대적인 학살이 자행되었다.

다음 해인 1174년(명종 4)에는 서경 유수 조위총이 역시 정중부와 이의방 등의 처단을 목표로 군사를 일으켰다. 그러나 이 거사도 2년 만에 평정되고 말았다. 무신들은 이처럼 반항하는 움직임을 차례로 극복하면서 자기들의 집권 체제를 중방(重房)을 중심으로 점차 굳혀 나갔다.

중방은 본래 고려 초기의 군사 조직인 2군(응양군 · 용호군) 6위(좌우위 · 신호위 · 흥위위 · 금오위 · 천우위 · 감문위)의 지휘관(상장군)과 부지휘관(대장군) 16명이 모여 군사 문제를 논의하던 기관이었다. 중방은 군사 문제에 대한 문신들의 합의 기관인 도병마사와 상대적 위치에 있었다. 그러나 문치주의(文治主義)를 내세웠던 고려에서는 중방이 큰 힘을 발휘하지 못하였다. 무신들의 정변이 있고난 이 후에야 중방이 마침내 최고 정치 기구가 되었다. 중방은 군사 일은 물론이요 경찰 · 형벌 · 관리의 임명과 파면 · 포상 · 규정의 제정 등 모든 정치와 행정을 조종하였다. 이리하여 이른바 중방 정치가 펼쳐졌다.

1872년의 강화부 전도 (서울대학교 규장각 소장)

　무신들이 정변을 일으켰을 때의 중심 인물은 정중부와 이고 · 이의방이었다. 이들은 군사 정변에 성공한 후 단행된 첫 인사 발령에서, 각각 몇 단계씩을 뛰어넘어 문 · 무의 고위 관직을 차지하였다. 정중부는 참지정사(종2품)를, 이고는 대장군(종3품) · 위위경 · 집주를, 이의방은 대장군 · 전중감 · 집주에 임명되었다. 그럼으로써 정치를 요리할 수 있는 위치에 서게 되었다. 이들 중에서 정중부는 온건 세력이었던 데 비하여, 강경한 입장을 취한 사람은 군사 정변을 모의하고 주도하였던 이고와 이의방이었다. 당시 실질적인 권력은 이고와 이의방 두 사람이 장악하고 있었다.

정변이 있고 난 얼마 후, 모든 무신이 중방에 모여 회의를 하면서 문신으로서 살아있는 사람들을 전부 불렀다. 이 때, 이고가 그들을 모조리 죽이고자 하였으나 정중부의 반대로 실행되지 않았다. 이고는 권력을 독점하기 위하여 반란을 모의하였다. 그러나 이의방에게 발각되어 서로 간에 싸움이 벌어진 끝에 결국 이의방에게 제거되었다. 이제 이의방이 권력의 정상에 올랐다. 이의방은 정중부 등 온건 세력과의 타협하에 중방을 중심으로 하여 정치를 펴 나갔다.

이의방은 자기의 딸을 태자비로 삼고 국정을 함부로 하였다. 그리하여 뭇사람들의 분노를 사게 되었다. 이의방은 한편으로 정중부와도 사이가 나빠졌다. 결국 이의방은 정중부의 아들 정균 등에게 살해되었다. 이 후, 정권은 자연히 정중부에게로 돌아갔다.

정중부는 이의방을 제거한 후, 수상인 문하시중의 자리에 올랐다. 그는 자신의 세력을 요직에 앉혔다. 그리고는 아들과 사위 등과 더불어 권세를 오로지하였다. 특히 정중부의 아들 정균은 억지로 공주에게 장가들려고 하여 왕의 걱정거리가 되었다. 마침내 정중부 일당은 청년 장군 경대승에게 일시에 살해되고 말았다.

경대승이 정권을 잡은 후, 신하들이 대궐에 나아가 축하를 하였다. 그러자 경대승은 말하였다.

"임금을 죽인 자가 아직도 남아 있는데 무엇을 축하한단 말인가?"

이는 경주에서 의종을 살해한 이의민을 가리킨 말이었다. 이의민은 이 말을 듣고 위협을 느낀 나머지 얼마 후에 고향인 경주로 낙향하였다.

이 때, 일반 무관들은 무신 정변을 주도하였던 정중부 등에게 호감을 갖고 있었다. 그들은 정중부를 죽인 경대승에게 은근히 적대감을 가졌다. 심지어 어떤 무관은 공개적으로 불만을 내뱉었다.

"정 시중(정중부)이 앞장서서 대의의 깃발을 들고 문신을 억압하여, 우리들의 여러 해 동안 쌓인 분을 풀어 주었다.

그가 무관의 위력을 과시한 공이 막대하거늘, 이제 경대승이 하루 아침에 대신들을 죽였으니 누가 그를 처단하려는가?"

경대승은 이 말을 듣고 두려워하여 자기의 신변을 호위하려는 목적으로 용사를 모아 도방(都房)을 설치하였다. 고려의 무신 정권 시대에 무신이 가병(家兵)을 설치한 것은 도방이 처음이다. 경대승은 얼마 후에 관직에서 스스로 물러나와 집에 있었으나, 국가에 큰 일이 있으면 반드시 대궐로 나가서 결정을 내렸다. 경대승은 불과 몇 년 뒤에 병으로 사망함으로써, 그의 정권은 무너지고 도방도 해체되었다.

경대승이 죽은 후, 이의민이 명종의 부름을 받고 개경으로 올라와 정권을 잡게 되었다. 이의민은 위세를 부리며 권력을 독차지하였다. 그의 아들들도 아버지의 세도를 믿고 횡포하여 크게 인심을 잃었다. 그런 가운데 이의민의 아들 중 한 사람인 장군 이지영이 장군 최충헌의 동생 최충수의 집 비둘기를 빼앗는 사건이 발생하였다. 이 사건이 계기가 되어 이의민 일당은 마침내 1196년(명종 26)에 최충헌 형제에게 죽음을 당하였다.

무신들의 정변 이후, 무신들 간의 정권 쟁탈전이 27년간 (1170-1196)이나 계속되었다. 이의방-정중부-경대승-이의민으로 이어져온 정권 쟁탈전은 이제 최충헌의 등장으로 끝을 맺었다.

최충헌이 다진 기반 위에서 무려 4대 60여 년(1196-1258)에 걸쳐 최씨 정권이 이어졌다. 최충헌의 아들 최우(최이)와 손자 최항 그리고 증손자 최의에 이르기까지 전형적인 무신 정치 시대가 펼쳐졌다.

최충헌은 이 전의 무신 집권자들과는 달리 문·무 양면의 능력을 갖추고 있었다. 그는 정변을 일으킨 후에 당시 사회 전반적인 문제점에 대하여 시정하여야 할 열 가지의 조목을 왕에게 건의하였다. 그는 유능하고 영향력 있는 문·무 고위 관료와의 유대에도 많은 관심을 기울여 그들을 자기 세력으로 끌어들였다.

정권을 차지하고 나서 최충헌은 먼저 반대파는 말할 것도 없고, 약간이라도 자기에게 반대하는 낌새가 있는 자까지도 철저하게 숙청하였다. 그에 따라 많은 문·무의 관리들이 여러 차례에 걸쳐 죽음을 당하였다. 심지어는 자기의 딸을 강제로 태자비로 들이려 한 동생 최충수마저도 저자 거리에서 전투를 벌인 끝에 죽였다. 이렇게 최충헌은 독재 정치의 기틀을 마련하였다.

최충헌은 정변을 일으킨 이듬해에 마침내 국왕인 명종마저 폐위시키고, 그 대신에 신종을 세웠다. 신종이 곧 병으로 죽고 태자가 그 뒤를 이으니 그가 희종이다. 희종은 측근 신하와 모의하여 최충헌을 제거하려다가 실패함으로써 오히려 왕위에서 쫓겨났다. 최충헌은 그의 집권 24년(1196-1219) 동안에 명종 · 희종 두 임금을 폐위하고, 신종 · 희종 · 강종 · 고종의 네 임금을 왕위에 앉혔다. 그는 국왕을 조정의 상징적 존재로 그대로 표면에 내세워 두고는 있었지만, 그의 권력은 왕을 능가하였다.

최충헌은 백성들의 가옥 1백여 채를 허물고 자기 집을 새로 지었다. 그의 집은 넓고 화려하였으며, 집둘레가 몇 리나 되어 규모는 대궐과 비슷하였다.

최충헌의 독재 정권에 대항하여 그를 타도하려는 사건도 끊임없이 이어졌다. 최충헌은 자신의 신변을 보호하기 위하여 경대승이 설치하였던 도방을 모방하여 다시 조직하였다. 그는 도방을 자기의 개인적 무력 기반으로 삼았다.

도방을 처음으로 조직한 사람은 경대승이다. 경대승은 정권의 탈취 과정에서 당시의 대부분 무신들을 적으로 돌려야만 하였다. 경대승으로서는 자신의 안전한 신변 보호 대책이 필요하였다. 그는 결사대 백 수십 명을 불러 모아 자기 집을 지키며, 이 용사들의 숙소를 도방이라 하였다. 도방의 무인들은 긴 베개와 큰 이불을 사용하여 공동 생활을 하면서 날마다 번갈아 숙직하였다. 경대승 자신도 도방의 무인들과 한 이불을 덮고 자는 등 그들에게 친근한 성의를 보이며, 여러 가지 경제적 혜택도 베풀었다. 경대승과 이렇게 맺어진 도방 무인들은 점차 경대승의 신변을 호위하는 데만 그치지 않았다. 그들은 정보의 수집과 반대파의 숙청, 그리고 심지어는 주인의 권세를 배경으로 하여 약탈과 살인 등의 폐단도 끼쳤다. 결국 도방은 경대승의 사망과 동시에 철저한 탄압을 받고 해체되었다.

최충헌은 도방을 그 이전과는 비교가 되지 않을 정도의 큰 규모로 재건하였다. 최충헌 역시도 정권을 잡은 후, 신변의 보호와 권력의 유지를 위하여 강력한 무력 장치가 절실히 필요하였다. 최충헌의 도방은 6개 번으로 편성되어 교대로 숙직하였다. 최충헌이 출입할 때는 당번을 서는 도방 군사가 마치 전쟁터에 나가는 것처럼 그를 호위하였다.

최충헌은 무력 기구인 도방과 함께 국가의 정치를 다루는 기구로서 교정도감도 설치하였다. 교정도감의 우두머리는 교정별감이었다. 최충헌이 처음 교정별감에 오른 이래, 무신 정권의 집권자들은 권력을 잡은 후 먼저 교정별감에 임명되는 것이 관례가 되었다. 교정별감은 무신 집권자에게는 필수의 요직으로서 세습 관직과 같았다. 다만 형식상으로는 왕이 임명하는 절차를 거쳤다. 말하자면, 무신 집권자는 교정별감에 오름으로써 자신의 집권에 대한 합법성을 인정받게 되며, 국왕은 교정별감에 대한 임명권을 행사함으로써 왕으로서의 자기 위치를 확인할 수 있었다.

최충헌이 1219년(고종 6)에 사망하자 그의 아들 최우(뒤에 최이로 개명)가 정권을 이어받아 교정별감이 되었다. 최우도 역시 강압적인 방법으로 권력을 휘둘렀다. 그는 자기를 모해한 자는 물론이요, 정치를 비방하는 자까지 엄하고 혹독하게 숙청하였다. 그리하여 혹은 섬으로 귀양보내고 혹은 죽였다. 그는 자기 집에 이웃한 민간의 가옥 수백 채를 강제로 헐어 격구장으로 만들었다. 최우의 권위 역시 아버지 최충헌처럼 국왕을 능가하였다.

최우는 도방을 내도방과 외도방으로 더욱 확대하였으며, 거기에 더하여 다시 마별초를 창설하였다. 마별초는 최우가 그의 개인적 무력 기구로서 설치한 기병대였다. 최우는 보병 부대인 도방에다가 기병 부대인 마별초를 추가로 설치하여 자기의 무력 기구를 한층 강화하였다.

고려에는 이미 마별초가 창설되기 이전부터 별초라고 불리는 군인들이 있었다. 별초란 특별히 가려 뽑은 군대로, 전투에서 흔히 군사들의 맨 앞에 서는 용감한 군인들을 가리키는 말이었다.

원래 별초는 그때그때의 필요에 따라 군사를 선발하여 조직하는 임시적 성격의 부대였다. 이제 그러한 성격을 갖고 있는 별초의 앞머리에 다시 새로운 글자를 덧붙여 마별초 또는 삼별초 등의 부대를 새로 만들게 되었다. 새로운 부대는 임시적 성격이 아니라 상설적 군대가 되었다.

삼별초의 설치와 그의 구성에 대하여서는 『고려사』에 다음과 같이 나와 있다.

"처음에 최우가 국내에 도적이 많음을 근심하여 용사들을 모아서 밤마다 순행하며 폭행을 막게 하였는데, 이것을 야별초라 불렀다. 그 후에 도적이 여러 도에서 일어나자 별초를 각지에 나누어 보내어 이를 잡게 하였다. 이 별초군의 수가 매우 많아져서 나중에는 좌·우별초로 나누었다. 또 고려 사람으로서 몽골에서 도망하여 돌아온 사람들을 모아 한 개 부대를 조직하여 신의군이라 불렀다. 이들을 삼별초라고 하였다."

삼별초를 처음 조직한 사람은 무신 정권의 집권자였던 최우이며, 그 처음 명칭은 야별초였다. 삼별초는 처음에는 도적을 잡고 폭행을 금지시킬 목적으로 설치되었다. 따라서 치안의 유지를 위한 경찰군의 역할이 삼별초의 처음 임무였다.

이후, 삼별초는 도성의 수비와 친위대로서의 임무도 수행하였다. 또 외적과 싸우는 군사 활동도 펼쳤다. 특히 몽골 침략군과의 전투에서는 많은 공적을 남겼다. 삼별초가 이러한 군대로서의 역할과 경찰의 임무를 수행한 데는, 고려 정부군이 유명무실하여 제 구실을 다하지 못하였기 때문이다. 그러므로 새로이 조직된 삼별초가 그와 같은 일을 담당할 수밖에 없었다.

삼별초의 정확한 설치 연대는 알 수 없다. 다만 『고려사절요』에 야별초의 기록이 1232년(고종 19)에 처음으로 나타난다. 그 뒤로 신의군의 기록은 1257년(고종 44)에 나타난다. 좌별초·우별초·삼별초에 대한 기록은 1258년(고종 45)에 처음으로 나타난다. 그러므로 야별초가 삼별초로 형성된 것은 고종 말엽 곧 최씨 무신 정권(1196-1258) 말엽이었다.

2 몽골의 침략과 고려 정부의 강화도 천도

13세기에 들어서자 동아시아의 국제 정치 상황은 요동치기 시작하였다. 몽골족이 새롭게 일어나 거대한 세력을 형성하였기 때문이다. 몽골족은 원래 지금의 몽골 평원에 자리잡고 있던 유목 민족으로서, 12세기 금나라 시대(1115-1233)에는 이들의 지배를 받았다. 13세기에 이르러 테무친(鐵木眞, 철목진)이라는 영웅이 나와 주변의 부족을 통일하여 마침내 강대한 세력으로 성장하였다. 테무친은 1206년(희종 2)에 마침내 황제의 지위에 올랐다. 그가 곧 몽골의 태조 칭기즈칸(成吉思汗, 성길사한)이다.

당시 중국 대륙의 남부 지역에는 남송(南宋)이 자리를 잡고, 북부 및 만주 지역에는 여진족의 금(金)나라가 지배하고 있었다. 그리고 금나라의 서쪽에는 티베트족의 한 부족인 탕구트족의 서하(西夏)가 있었다. 칭기즈칸은 곧 이들 나라에 대한 정복 전쟁을 벌였고, 고려도 자연히 그 전쟁에 휩쓸리게 되었다.

몽골이 정복하기 직전의 아시아(1200년경)
그림 출처 : 존 K. 페어뱅크 등, 『동양문화사(상)』, 209쪽

　칭기즈칸은 먼저 서하를 공격하여 굴복시키고, 이어서 금나라를 위협하였다. 금나라는 강력한 몽골군을 당해내지 못하고 화의를 요청함으로써 일시적으로 위기를 모면하였다. 이 때, 금나라 내부에서 반란이 일어났는데, 1백년 동안 금나라에 굴복하였던 거란족이 맨 먼저 봉기하였다. 거란족의 우두머리인 야율유가(耶律留可)는 부족을 이끌고 먼저 몽골에 항복하였다. 그는 몽골을 후원 세력으로 삼아 자립하여 거란족의 요나라를 세웠다.

　야율유가는 자기가 세운 나라에서 기반을 굳히지 못하고, 얼마 후 부하에게 쫓겨나서 칭기즈칸에게 몸을 의탁하였다. 야율유가는 칭기즈칸으로부터 군사를 빌려 옛날의 자기 나라였던 거란족의 요나라를 자주 공격하였다. 마침내 형세가 불리하여

진 거란족은 몽골군에게 쫓겨서 압록강을 건너 고려 땅으로 쳐들어왔다. 이들 거란족은 고려의 북방 지역을 노략질하며, 또 수도 개경을 위협하였다. 이와 같은 사태를 맞이한 고려는 토벌군을 보내 침략자들을 쳐부수고, 마침내는 거란족의 주력 부대를 평양의 동쪽에 있는 강동성에 몰아넣었다. 1218년(고종 5) 9월의 일이었다.

이 무렵 금나라에서는 장군 포선만노(浦鮮萬奴)를 보내 야율유가를 토벌하도록 하였다. 포선만노는 도리어 거란족에게 크게 패배하였다. 그는 자기 나라를 배반하고 자립하였다. 그리하여 포선만노는 두만강 건너 간도 지방에 동진국(東眞國)이라는 작은 나라를 세웠다.

칭기즈칸은 이때가 만주 지방을 제압할 수 있는 좋은 기회라 생각하였다. 그는 1218년(고종 5)에 군대를 보내 먼저 동진국을 굴복시켰다. 몽골군은 동진국의 군사와 연합하여 거란족을 토벌한다는 것을 명분으로 삼아 고려의 동북면 지방(지금의 함경도)으로 남하하였다. 몽골과 동진국의 연합군 3만명은 거란족을 차례로 무찌르고, 곧장 거란족의 주력 부대가 몰려있는 강동성으로 쳐들어왔다. 1218년(고종 5) 12월의 일이었다.

이때, 고려의 서북면 원수 조충(趙冲)과 병마사 김취려(金就礪)도 강동성에 대한 공격을 준비하고 있었다. 그런데 마침 큰 눈이 와서 몽골과 동진국의 연합군은 군량미의 보급이 어렵게 되었다. 이들 연합군은 고려에 대하여 식량의 원조를 요청하며, 함께 강동성을 공격할 것을 제의하였다. 고려는 이와 같은 제의에 대하여 크게 망설이지 않을 수 없었다. 몽골족은 매우 포악한 오랑캐로 알려져 있었을뿐만 아니라, 그들과는 교제를 한적이 없었다. 고려로서는 그들의 속셈을 알 수가 없었다. 고려조정은 결정을 하지 못하고 주저하였다. 이때, 전선에 나가 있던 원수 조충이 의심할 것이 없다 하고 군량미 1천 석을 그들에게 보냈다. 몽골군은 고려의 조치가 늦다하며 심하게 꾸짖었으나, 조충은 형세에 따라 적당히 조치함으로써 상황을 더 이상 악화시키지 않았다. 조충은 이듬해인 1219년(고종 6)에 김취려로 하여금 군사를 거느리고 몽골과 동진국의 연합군과 합세하게 하고, 자신도 연합군과 함께 강동성을 공격하여 이를 함락하였다.

　강동성을 함락한 후, 몽골 장수는 고려 장수에게 두 나라 사이의 동맹을 제의하였다. 몽골 장수는 출전하기 전에 미리 몽골 황제로부터 고려와 형제 국가로서 동맹을 맺으라는 지시를 받았었다. 이리하여 양국을 대표하는 장수로서 몽골군의 합진(哈眞) · 찰라(札剌)와 고려군의 조충 · 김취려 사이에 '두 나라는 영원히 형제가 되어 만세의 자손에 이르기까지 오늘을 잊지 말자'라는 동맹이 맺어졌다. 몽골이 형이 되고 고려가 동생이 되는 이른바 '형제 맹약'이었다. 몽골군은 강동성에 억류되어 있던 우리 백성과 거란인 포로 일부를 고려에 돌려주었다. 이렇게 하여 고려는 몽골과 처음으로 접촉을 하여 '형제 맹약'까지 맺었다.

강동성의 전투를 계기로 고려와 몽골은 겉으로 보기에 매우 우호적인 분위기에서 동맹을 맺었다. 고려로서는 우세한 군사력을 앞세운 몽골측의 요구에 어쩔 수 없이 응한 결과였다. 그런데 '형제 맹약'의 조건 중에는 고려가 몽골에 대하여 세공(歲貢, 매년 보내는 공물)을 부담하여야 한다는 내용도 포함되어 있었다. 세공에 대하여 몽골 장수는 이렇게 약속하였다.

"도로가 매우 험하니 귀국(고려)은 왕래하기가 어려울 것이다. 매년 우리나라에서 보내는 사신은 10명에 지나지 않을 것이며, 그들의 오는 편에 공물을 부쳐도 좋다. 사신들은 반드시 포선만노의 영역을 경유할 것이다."

몽골 장수 합진은 회군하기에 앞서 공식적인 외교 관계를 위하여 사절을 개경으로 보내왔다. 사절은 몽골 황제의 조서를 가지고 왔으며, 국왕에게 매우 오만불손한 태도를 보였다. 이러한 태도는 이 후 두 나라의 관계가 결코 평탄할 수 없을 것이라는 징조였다.

고려의 의사와는 그다지 관계없이 맺어진 동맹이었지만, 어떻든 이를 계기로 고려와 몽골의 국교가 열렸다. 국교가 열린 이후, 몽골은 매년 사신을 고려에 보내 많은 양의 공물을 요구하였다. 몽골 사신들은 강동성의 전투에서 고려에 큰 은혜를 입혔다는 듯한 태도를 취하였다. 그렇기 때문에 공물의 요구는 당연하다는 자세였다. 심지어는 고려로부터 얻은 물건이 마음에 들지 않을 때는 행패도 부렸다.

1221년(고종 8), 몽골의 저고여(著古與) 일행이 사신으로 고려에 왔다. 저고여는 몽골 황태제(皇太弟, 황제의 동생으로 다음 황위를 이을 사람)의 지시라 하며, 수달피 1만 장과 가는 명주 3천 필을 비롯한 막대한 양의 여러 가지 물품들을 요구하였다. 저고여 일행은 또 이전에 받은 공물 가운데 비위에 거슬리는 물건을 고려 국왕 앞에 내어던지는 등의 무례한 행동도 서슴없이 자행하였다.

고려는 문화의 수준이 낮은 유목 민족인 몽골족을 오랑캐처럼 생각하여 가능한 한 그들과의 교섭을 피하려 하였다. 그러나 강력한 군사력을 앞세운 그들을 거부할 수는 없었다. 몽골 사신의 일방적인 공물의 요구와 무례한 언동은 계속되었다. 고려의 국왕과 신하들은 더욱 그들을 꺼리게 되었다. 그렇더라도 고려로서는 어느 정도 그들의 요구를 들어 주지 않을 수 없었다.

1224년(고종 11), 저고여가 다시 몽골 사신으로 고려에 왔다가 다음해에 본국으로 돌아갔다. 그는 압록강을 건너 돌아가던 도중에 누군가에게 살해되었다. 고려는 이 사건을 단순히 압록강 건너 금나라 도둑의 소행이라고 주장하였다. 당시 고려와 몽골 간의 외교적 분쟁은 금나라나 동진국이 모두 은근히 바라던 일이었다. 이 사건은 금나라나 동진국이 일으킨 음모였을 가능성도 있었다. 그러나 몽골은 사건의 내막을 깊이 있게 살피지도 않을뿐만 아니라, 고려측의 주장도 일체 묵살하였다. 그리고는 모든 책임을 고려에 지우고 국교를 단절하여 버렸다. 그것은 몽골이 앞으로 고려에 대하여 대대적인 군사 행동을 하겠다는 뜻이었다.

몽골의 고려 침략은 사신 저고여의 피살 사건이 직접적인 동기가 되었다. 그러나 근본적인 이유는 몽골의 세계 정복 야망에 있었다. 몽골은 이미 금나라와 남송 등 아시아 여러 나라를 정복하려는 전략을 세웠다. 또한 고려에 대한 군사 행동도 미리 계획하여 두고 있었다. 다만 침략의 시기만 저울질하고 있었을 뿐이다.

몽골이 고려를 침략한 것은 양국의 국교가 단절된 지 7년만인 1231년(고종 18)이었다. 칭기즈칸은 서하를 공격하던 중 이미 1227년에 사망하였고, 그의 아들 오고타이가 태종 황제로 즉위하여 몽골을 다스리고 있었다. 태종은 1230년에 친히 금나라를 정벌하는 군사를 일으켰다. 그는 살례탑(撒禮塔)에게 별도의 군사를 주어 요동 지방의 금나라 군대를 소탕하게 하였다. 그리고 이듬해에는 살례탑에게 고려를 침략하도록 명령하였다.

이로부터 고려와 몽골 간의 기나긴 전쟁이 시작되었다.

몽골의 고려 침략은 6차에 걸쳐 모두 11회나 이루어졌다. 6차의 전쟁 기간과 침략하여온 몽골 장수들의 이름은 다음과 같다.

제1차 전쟁 : 고종 18-19년 (1231-1232) 살례탑(撒禮塔)

제2차 전쟁 : 고종 19년 (1232)   살례탑(撒禮塔)

제3차 전쟁 : 고종 22-26년 (1235-1239) 당 고(唐古)

제4차 전쟁 : 고종 34-35년 (1247-1248) 아모간(阿母侃)

제5차 전쟁 : 고종 40-41년 (1253-1254) 야 굴(也窟)

제6차 전쟁 : 고종 41-46년 (1254-1259) 차라대(車羅大)

살례탑의 침략

몽골의 제1차 침략은 1231년(고종 18) 8월에 시작되었다. 살례탑이 거느리는 몽골의 대군이 압록강을 건너 고려의 북변을 침략하였다. 몽골군은 함신진(평안북도 의주)과 철주(평안북도 철산)를 함락하고 안북부(평안남도 안주)를 점령하였다. 몽골군은 안북부를 본영으로 삼고는 계속하여 고려의 각지를 공격하였다.

고려의 북변 성들에는 군사가 주둔하고 있었으므로, 몽골군은 이들 고려군의 강력한 저항을 받았다. 그 중에서도 특히 서북면 병마사 박서(朴犀)가 지휘한 귀주성(평안북도 귀성) 전투는 매우 치열하였다. 박서는 예하 장수 김경손(金慶孫)과 함께 각종 무기를 동원한 몽골군의 맹렬한 공격을 잘 막아내고 끝내는 격퇴시키고야 말았다. 몽골군의 한 늙은 장수는 귀주성 전투에 대하여 이렇게 한탄하였다.

> "나는 20세부터 종군하여 천하의 여러 성에 대한 공방전(공격하고 방어하는 전투)을 무수히 보았으나, 이처럼 맹렬하고 오랜 공격을 당하면서 끝까지 항복하지 않는 곳은 일찍이 본 적이 없다"

자주성(평안남도 순천군 자산)에서도 부사 최춘명이 적의 포위 공격을 잘 막아내어 빛나는 공적을 세웠다. 날래기로 유명한 몽골군도 이들 고려군을 어찌할 수가 없었다. 마침내 살례탑은 이러한 저항군을 그대로 내버려 둔 채, 침략군을 계속 남하시켜 개경을 위협하도록 하였다.

당시 고려는 최충헌의 아들 최우가 집권하고 있던 때였다. 최우는 몽골군의 침략 소식을 듣자 곧 재상들을 자기 집에 모아 대책 회의를 열었다. 그 결과 3군을 출동시키기로 결정하고, 지휘관을 새로 임명하는 한편, 여러 도의 군사를 징집하였다.

징집된 정부군은 동선역(황해도 황주 부근)에서 남하하던 몽골군을 맞아 약간의 성과를 올렸다. 그러나 얼마 지나지 않아 정부군은 안북성(안북부성) 전투에서 크게 패배하였다. 뒤이어 5군의 군사와 말이 추가로 출동하였으나 역시 별다른 성과를 거두지 못하였다. 마침내 연말경에는 개경 도성이 적에게 포위되었다. 몽골군의 일부는 개경을 계속하여 포위만 한 채, 주력 부대는 계속 남하하여 광주(경기도)·충주·청주까지 침략하였다. 몽골군이 통과한 곳은 파괴와 학살로 폐허가 되었다.

사태가 여기에 이르자, 고려 조정은 문신 한 명을 몽골군 진영에 보냈다. 그는 몽골 군사들에게 음식을 먹이고 이어서 화의를 요청하였다. 한편으로는 국왕이 몽골 사신을 직접 맞이하고, 왕족 한 명을 안북성에 주둔하고 있는 살례탑에게 보냈다. 살례탑에게는 황금·금 주전자·은 주전자·수달 가죽 등 많은 선물을 주었다. 이에 마음이 돌아선 살례탑은 이듬해인 1232년(고종 19) 정월에 몽골군을 이끌고 요동 지방으로 철수하였다. 철수하기 전에 살례탑은 그들이 정복한 고려 서북면 지방의 40여 성에 다루가치(達魯花赤, 달로화적) 72명을 나누어 설치하였다. 다루가치는 몽골어로 지방 관청의 장관을 뜻한다. 몽골은 그들이 점령한 지역에는 반드시 다루가치를 배치하여 감시하였다.

이렇게 하여 고려는 일단 어려운 고비를 넘길 수 있었다. 그러나 몽골의 심한 내정 간섭과 많은 공물의 부담을 감수하여야만 되었다. 거기에다가 요동으로 철수한 살례탑이 그 해 2월에 고려의 나랏일을 감독하라는 임무를 맡겨 도단이라는 자를 개경에 파견하였다. 이제 다루가치가 고려의 서울에도 설치된 셈이다.

도단은 본래 거란족으로서 사람됨이 심히 못되었다. 그는 앞서 몽골군을 이끌고 강농성에 나와 자기의 동족을 멸망시킨 자였다. 도단은 개경에 오자 대궐에 들어와서 왕과 한 자리에 앉으려 하고, 또 대궐에 머물겠다고 우겼다. 그는 자기의 영접을 담당한 고려의 관리가 제대로 대접을 하지 않는다며, 그 관리를 때려 죽이기도 하였다. 고려가 도단에게서 받는 수모와 고통은 이만저만한 것이 아니었다. 고려는 도단에게 금 주전자 등을 선물로 주어 겨우 그를 달랠 수 있었다.

몽골측의 고려에 대한 요구는 계속되었다. 배 30척과 뱃사공 3천 명을 보내 달라 하여 보내주었다. 또 수달 가죽 1천 장을 요구하여 가까스로 977장을 마련하여 보내준 적도 있다.

몽골은 고려가 도저히 감당할 수 없는 요구도 하였다. 왕족 및 귀족들의 자녀 각 5백 명씩을 인질로 보내고, 각 종의 기술자 등도 보내라고 강요한 것이다. 또 개주관(압록강 너머 만주 봉황성) 등의 땅을 개간하기 위하여 고려 백성을 뽑아 보내도록 요구하였다. 몽골측의 이러한 요구에 대하여 고려는 감당할 능력이 없다는 내용의 회답문을 보내곤 하였다. 몽골의 무리한 요구는 끝없이 계속될 것처럼 보였고, 이에 대한 고려의 적개심은 커

져만 갔다. 고려와 몽골 사이에 일시적으로 화의는 이루어졌지만 분쟁이 아직 해결될 기미는 보이지 않았다.

강화읍에 있는 옛 고려 궁궐터

몽골의 제1차 침략 이후, 그들의 압력은 점점 증가되었다. 마침내 고려는 단호히 대처하기로 결정하고, 1232년(고종 19) 7월에 수도를 강화도로 옮기었다. 수도를 옮김으로써 강화도는 강도(江都)로 불리게 되었다.

몽골인들은 원래 유목민으로서 말을 타고 싸우는 기병 중심의 육상 전투는 당시 세계에 당할 자가 없었다. 반면에 수상 전투에는 매우 약한 단점이 있었다.

몽골군의 단점은 이미 서북 지방에서 드러났다. 1231년(고종 18) 9월에 몽골군이 황해도를 침략하자, 황주·봉주(봉산) 수령

들이 백성들을 거느리고 철도(황해도 황주의 섬)로 들어갔다. 12월
에는 함신진(평안북도 의주) 부사가 그 곳에 머물러 있던 몽골군을
거의 다 죽인 뒤에 백성들을 이끌고 신도(압록강 하구에 있는 섬)로
들어갔다. 이 외에도 평안도 지역의 수령들이 몽골군을 피하여
차례로 섬으로 들어갔다. 일단 고려인들이 섬으로 들어가자 몽
골군은 아무런 대응을 하지 못하였다. 이에 고려인들은 그들의
약점을 확실히 간파하게 되었다.

　당시의 집권자 최우가 강화도로의 천도(도성을 옮김)를 구상한
것은 비교적 이른 때였다. 최우는 몽골의 제1차 침입이 한창 진
행되던 때, 승천부(경기도 풍덕군) 부사 윤인 등으로부터 강화도가
피란지로서 안성맞춤이라는 건의를 받았다. 윤인 등은 그들의
가족을 이미 남몰래 강화도에 옮겨놓고 최우를 설득하려 하였
다. 최우는 그들로 하여금 먼저 가서 강화도를 살펴보도록 한
바가 있었다.

　그 후, 고려와 몽골 간에 화의가 성립되자, 최우는 곧바로 조
정 대신들을 자기 집으로 불러 회의를 열었다. 강화도 천도 문
제를 논의하기 위하여서였다. 회의는 거듭 열렸다. 특히 1232
년(고종 19) 5월에는 4품 이상의 관원들이 모여 대책을 논의하였
다. 이 회의에서 대다수는 성을 지키고 적을 막자는 주장을 폈
다. 그러나 최우의 측근들은 도읍을 옮기고 난을 피하여야 한
다고 주장하였다.

최씨 무신 정권 시대의 강화도
도면 출처 : 한영우, 『다시 찾는 우리 역사』, 196쪽

　회의는 거듭되었다. 3백여 년간 이어져 온 수도를 옮기는 것
이 그리 쉬운 일은 아니었기 때문이다. 최우가 다시 조정 대신
들을 자기 집으로 불러 회의를 열었을 때, 대신들은 최우를 두
려워하여 감히 한 마디도 말하는 사람이 없었다. 다만 참지정
사(중서문하성의 종2품 벼슬) 유승단만이 홀로 반대하며 말하였다.

"작은 나라가 큰 나라를 섬기는 것은 이치에 당연한 일이다. 예절로서 섬기고 믿음으로 사귀면 그들도 무슨 명분으로 우리를 괴롭힐 것인가? 도성을 포기하고 섬으로 도망가서 구차한 세월을 보내게 된다면, 변방의 백성과 장정들은 창과 화살에 맞아 모두 다 죽게 되고, 늙고 약한 사람들은 노예로 붙잡혀 가게 만들 것이다."

　이때, 야별초 지유 김세충이 회의장 문을 밀치고 들어왔다. 그도 역시 힘써 싸워 적과 대결할 것을 주장하며 천도에 반대하였다. 최우는 김세충에게 몽골군의 방어 대책을 물었다. 김세충이 답변을 못하자 최우는 그를 처단하였다. 그리고는 위압적인 분위기를 조성하여 도읍을 옮기는 쪽으로 논의를 확정하였다. 마침내 1232년(고종 19) 7월, 국왕이 강화도로 건너감으로써 천도가 단행되었다.

　강화도 천도는 이처럼 최우가 거의 독단적으로 추진한 일이었다. 그렇지만 고려가 강화도로 천도를 강행한 데는, 고려인의 반몽 의식도 크게 작용하였다. 몽골의 사신들이 고려에서 취한 고압적 태도와 무례한 행동은 이미 고려인의 반몽 의식을 크게 자극하였다. 거기에다가 몽골이 요구한 공물의 양이 지나치게 많았다. 그 것은 고려의 부담 능력을 훨씬 초과하는 물품의 강제적 징수였다.

몽골의 요구는 그 같은 경제적 요구에만 그치지 않았다. 자기들의 정복 사업에 필요한 군사를 파견하여 줄 것과, 왕족 및 귀족들의 자녀를 인질로 보내고, 각 종의 기술자 등을 징발하여 줄 것도 아울러 강요하였다. 이러한 내용들은 몽골이 자기의 세력권 안에 들어온 나라에는 흔히 요구하는 조건이었다. 그러나 고려로서는 그 것을 도저히 받아들일 수가 없었다. 또한 집권자 최우로서는 다루가치 등이 고려의 내정에 깊이 간섭하여 오는데 따라 자기의 정치 권력에 위기감도 느꼈다.

몽골은 자기들의 요구사항이 잘 이행되지 않았다 하여, 국서를 가지고 찾아간 고려의 사신을 잡아 가두었다. 그러자 몽골군이 다시 침략하여 올 것이라는 이야기가 나라 안에 널리 퍼졌다. 최우는 이 기회에 자기의 뜻대로 서둘러 천도를 강행하였다.

강화읍 갑곶 돈대 앞의 염하수로(갑곶강)

강화도 천도는 최우가 백성의 안전과 생업을 무시하고 자기의 정권을 지키기 위한 행동이었다는 부정적인 측면이 있다. 그러나 긍정적인 측면도 있었다. 그것은 장기적으로 항몽전을 이어가기 위한 감투 정신의 발휘이자, 대외적으로 자주성을 지키기 위한 행동이었다는 점이다.

최우는 강화도로의 천도 방침이 확정되자 곧 개경 도성 안에 벽보를 붙였다. 그 내용은 모든 사람들은 정해진 날짜 내에 강화도로 옮길 것이며, 그렇지 않을 경우에는 군법으로 처단하겠다는 것이었다. 또 여러 도에도 사람을 보내 백성들을 산성과 섬으로 들어가도록 명령하였다.

새로운 수도로 선정된 강화도는 강과 바다로 막혀 있는 섬이었다. 그러므로 해전에 약점을 가지고 있는 몽골군에 대한 방어에 유리하였다. 또 육지와 가까우면서도 섬 주위 연안은 조석 간만의 차이가 크고 조류도 매우 빨랐다. 이것은 적에게 도강(渡江) 작전을 어렵게 하는 환경이었다. 강화도는 몽골군을 방어하는 데 적격지였던 셈이다. 특히 강화도는 개경과 근접하여 있으며, 해로를 통한 지방과의 연결이나 조운(배를 이용하여 지방의 세곡을 수도로 실어나르는 제도) 등도 매우 편리하였다. 고려 정부는 이곳으로 옮겨 와 점차 새 수도로서의 시설을 갖춘 강도(江都)를 건설하였다.

고려 정부는 강도의 방어 시설로서 내성·외성·중성의 3중으로 중첩된 성을 쌓았다. 지방의 군사들을 징발하여 강(강화도와 김포반도 사이의 염하수로)을 따라 제방도 쌓았다. 제방은 몽골군이 강을 건너와서 상륙하는 것을 막기 위한 것이었다. 이처럼 고려 정부는 강도 방어 시설을 공고히 하며, 갑곶강(강화읍 갑곶 돈대 앞의 염하수로)에서 수전 연습을 하는 등, 강도 방어에 심혈을 기울였다.

당시 강화도에는 1천여 척의 각종 선박과 함선이 집결되어 있어, 몽골군의 도강 작전에 대비하였다. 강화도는 실로 몽골군에게 난공불락의 요새로 변하였다. 몽골군이 강화도 맞은편 연안에 출현하여 위협적 시위를 벌이자, 이규보(고려의 관리이자 유명한 문장가)는 강화도의 든든한 방어 상태를 다음과 같이 묘사함으로써 백성들을 안심시켰다.

"오랑캐들이 아무리 완악하다지만 어떻게 이 물을 뛰어 건너랴,

저들도 건널 수 없음을 알기에 와서 진치고 시위만 한다오.

누가 물에 들어가라 말하겠는가 물에 들어가면 곧 다 죽을 텐데,

어리석은 백성들아 놀라지 말고 안심하고 단잠이나 자게나,

저들 응당 저절로 물러가리니 국업(國業)이 어찌 갑자기 끝나겠는가."

몽골군의 공격으로부터 강도의 안전을 보장받게 된 지배층들은 개경에서와 큰 차이가 없는 생활을 누렸다. 고려 지배층들이 예전 도성의 귀족적 생활을 누릴 수 있었던 것은, 강화도가 수상 운송이 편리하여 국내의 조운과 무역선이 여기를 중심으로 그 기능을 발휘하였기 때문이다. 당시는 국내 경제의 근거가 농산물이었고, 고려 정부는 농민으로부터 거둔 세곡을 조운으로 징수하였다. 이때, 농민들은 주로 섬에 들어가 난리를 피하고 있었다. 이들 농민들은 간헐적으로 침략한 몽골군의 빈틈을 타서, 육지로 나와 농사를 지을 수 있었다. 이리하여 강도의 귀족들은 여전히 구차함을 모르며, 송나라 상인이 가져온 사치품을 사용하고, 팔관회 · 연등회 등 국가적 행사도 평시와 다름없이 계속할 수 있었다.

강도 귀족들의 여유로운 실정에 비하여 백성들의 삶은 참담하였다. 강도 정부는 백성들에게 아무런 대책을 세워주지 못하였다. 다만 몽골군이 쳐들어올 때마다 산성과 섬으로 피난가도록 명령하였을 뿐이다. 백성들은 강도의 지배층들과는 달리 몽골군의 침략에 속수무책으로 많은 고통과 피해를 당할 수밖에 없었다.

고려의 강화도 천도는 몽골을 크게 자극하였다. 더욱이 천도를 전후하여 내시 한 명이 북계(오늘날의 평안남·북도 지역)에 있는 다루가치들의 활과 화살을 빼앗으려다가 그들에게 죽음을 당한 사건이 있었다. 또 고려군 장수 한 명이 서경에서 다루가치를 살해하려고 모의한 사건이 발생하였다. 잇달아 발생한 두 가지 거사는 모두 성공을 거두지는 못하였다. 그렇지만 이 사건들은 고려가 몽골에 대하여 전투를 벌일 수도 있다는 의지를 보여주었다. 몽골군은 마침내 고려를 다시 침략하였으며, 그 지휘관은 앞서 쳐들어왔던 살례탑이었다.

1232년(고종 19) 9월, 몽골군이 제2차로 고려에 쳐들어 왔다. 살례탑은 곧 강도에 사절을 보내 고려 정부가 섬으로 들어간 것을 나무랐다. 그리고 개경으로의 환도를 요구하였다. 그러

강화 산성의 남문 (강화군 강화읍 남산리)

나 고려 정부가 이에 응할 리가 없었다. 살례탑은 강도를 곧바로 공격하지 않고, 고려 땅을 철저히 짓밟고 약탈하는 전략으로 나왔다. 강도의 고려 정부로 하여금 스스로 항복하여 오도록 하려는 계획이었다. 이리하여 몽골군의 별동대가 멀리 경상도까지 침략하였다. 몽골군은 고려가 대구 근처의 부인사에 소중히 간직하여 오던 초조대장경(初雕大藏經, 판자에 처음 새긴 대장경)을 불태우는 만행을 저질렀다. 살례탑은 처인성(경기도 용인)을 공격하다가 고려의 승려 김윤후 등이 쏜 화살에 맞아 전사하였다. 지휘관을 잃은 몽골군은 서둘러 철수하였다.

몽골의 제2차 침략군이 물러간 후, 북계(평안도) 지역에는 역적 홍복원 일당이 남아서 그 곳을 지키고 있었다. 홍복원은 몽골군이 처음 침략하였을 때, 살례탑에게 항복한 뒤, 줄곧 몽골군의 길잡이 노릇을 하던 자였다. 그는 서경을 본거지로 하여 이 일대에 세력을 펼치고 있었다. 최우는 3천 명의 군사를 보내 홍복원 일당을 쫓아내 버렸다. 이렇게 하여 몽골의 제2차 침략은 완전히 실패로 끝났다. 고려가 몽골 침략군을 격퇴할 수 있었던 것은 정부군 보다도 일반 백성들이 용감하게 항전하였기 때문이다.

당고의 침략

1233년(고종 20), 몽골이 동진국을 정벌하였다. 이듬해에는 금나라를 공격하여 멸망시키는 등 몽골은 만주와 중국 북방 지역의 정벌에 힘을 기울였다. 자연히 고려에 대하여서는 얼마동안 소극적 태도를 보일 수밖에 없었다. 동진국과 금나라를 정복한 뒤, 몽골은 남송 정벌을 시작하였다. 남송에 대한 침략군을 동원하면서 몽골은 고려도 다시 공격하였다. 이것이 당고(唐古)가 거느린 몽골군의 제3차 침략으로, 양국 간에 또 한 차례의 전쟁이 시작되었다.

몽골군의 침략은 1235년(고종 22)부터 1239년(고종 26)까지 무려 5년에 걸쳐 진행되었다. 고려의 영내로 들어온 당고는, 그 전과는 달리 강도 정부와 교섭을 벌이지 않고, 무조건 전 국토를 닥치는 대로 공격하였다. 북쪽은 지금의 평안도와 함경도로부터 남쪽으로는 경기도 · 충청도 · 전라도 · 경상도에 이르는 여러 지역이 큰 피해를 입었다. 신라 이래의 국보인 경주의 황룡사 9층탑이 불타 없어진 것도 이때의 일이다.

몽골군의 침략에 대하여 고려는 군대와 민간이 합세하여 대항하였다. 그 중에서 특히 온수군(충청남도 온양)의 백성들이 과감하게 싸워 포위한 몽골군을 물리쳤다. 또 죽주(경기도 죽산)의 백성은 15일간에 걸친 몽골군의 맹렬한 공격을 잘 막아내어 적에게 심한 피해를 입혔다.

강도의 고려 조정에서도 광주(경기도) 등지의 주민을 강화도로 들어오게 하고, 강화도 해변에 둑을 더 쌓아 강도의 방어를 더욱 튼튼하게 하였다. 야별초를 육지에 파견하고, 각지의 산성에는 방호 별감(防護別監, 산성의 방어를 위한 감독관)을 보내 백성들의 항진을 독려하는 등 몽골군의 격퇴에 힘을 기울였다. 이러한 노력도 군사적인 열세가 너무 현저하여 큰 효과는 없었다. 그러자 최우를 비롯한 지도층은 부처님의 힘으로 적군을 물리치려는 생각을 하였다. 옛날 현종(1010-1031)이 거란족의 침입을 받아 나주로 피란하였을 때, 부처님의 말씀인 대장경을 나무판에 새겨서 빌자, 거란군이 저절로 물러간 일이 있었다. 이를 거울삼아 강도의 고려 조정은 새로이 대장경의 조판을 시작하였다. 현재 합천 해인사에 보관중인 팔만대장경은 바로 이때에 시작하여 뒤에 완성시킨 것이다. 그러나 이러한 노력도 몽골군의 격퇴에 도움이 되지는 않았다.

합천 해인사 대장경판 판고 내부와 대장경판
사진 출처 : 한국학중앙연구원, 『한국민족문화대백과사전』

전쟁이 오래 계속됨에 따라 본토의 피해가 점점 커졌다. 강도 정부는 크게 불안을 느끼고, 마침내 1238년(고종 25) 12월에 사신을 몽골에 보내 군대의 철수를 호소하였다. 몽골은 이듬해에 사신을 고려에 보내, 국왕이 직접 몽골에 와서 황제를 만나도록 요구함과 동시에, 군대를 철수하였다. 몽골 역시도 고려의 끈질긴 저항에 불안감을 느끼고 있던 참이었으므로, 이번 기회에 국왕의 친조(親朝, 몸소 조정에 나아감)를 내세우며 군대를 철수하였다.

고려로서는 국왕의 친조 요구를 도저히 받아들일 수가 없었다. 그렇다고 무작정 거절할 수도 없는 처지였다. 그 때, 마침 국왕 고종의 어머니가 죽었다. 고려 정부는 국왕이 어머니 상을 당하여 입조가 어려움을 설명하고, 대신에 왕의 친족 한 명을 국왕의 친동생이라 하며 몽골로 보냈다. 이것은 1239년(고종 26) 12월의 일로서, 고려 왕족이 처음으로 몽골에 가게 되었다.

몽골은 다시 사신을 고려에 보내, 바다 섬들에 들어가 있는 백성들을 내륙으로 옮길 것을 요구하였다. 그리고 거듭 국왕의 친조를 독촉하였다. 계속되는 몽골의 요청에 대하여, 고려는 새로이 왕족 한 명을 왕의 친아들이라 일컬으며 몽골에 보냈다. 그는 귀족의 아들 10명과 함께 몽골에 갔으며, 이로써 일단은 분쟁이 마무리되었다.

아모간의 침략

　1241년(고종 28), 몽골의 태종이 죽자 후계자가 다시 뽑힐 때까지 몽골의 국내 정치 상황이 복잡하여졌다. 이로 말미암아 고려와 몽골 사이에는 약 5년 동안 전쟁이 중지되었다. 새로운 몽골의 황제 정종이 등극하자 다시 전쟁이 시작되었다. 새로운 황제는 앞서 그들이 요구한 강도로부터 육지로 나오는 것과 국왕의 친조가 이행되지 않은 것을 구실로 삼아 다시 고려를 침략하도록 명령하였다.

　1247년(고종 34), 아모간(阿母侃)이 지휘하는 몽골군의 제4차 침략이 시작되었다. 몽골군은 주로 평안도와 황해도 지역을 노략질하였다. 다행히 침략 이듬해에 황제가 죽자 몽골군은 곧 철수하였다. 이번 몽골군의 제4차 침략으로 고려가 입은 피해는 그렇게 심하지 않았다.

승천부 궁궐 추정 터 원경(경기도 개풍군 백마산 주변)

정종에 이어 새롭게 즉위한 몽골 황제 헌종도 역시 이전과 마찬가지로 고려에 대하여 국왕의 친조와 육지로 나올 것을 요구하였다. 당시 고려에서는 1249년(고종 36)에 최우가 죽고, 그의 뒤를 이어 아들 최항(崔沆)이 교정별감으로서 권력을 잡고 있었다. 최항의 몽골에 대한 정책도 역시 그의 아버지 최우의 정책을 그대로 따랐다. 최항은 몽골측의 출륙(出陸, 개경으로의 환도 또는 국왕이 육지에 나와 몽골의 사신을 맞이하는 것) 요구에 호응할 것처럼 행동하였다. 그는 승천부(강화도 북쪽 한강 건너 개경쪽 연안)에 새로운 궁궐을 지었다. 그러나 국왕이 그곳에 나아가 몽골 사신을 접견하는 것에 대하여서는 굳세게 반대하였다.

최항 일파는 몽골의 요구에 대하여 임시변통으로 처리하였다. 1252년(고종 39)에는 몽골에 가는 사신을 통하여, 이 해 6월에는 왕이 육지로 나갈 것이라는 의사를 전하였다. 이에 몽골은 정말로 국왕이 육지에 나와 맞이하는가를 알아보기 위하여 사신을 보내왔다. 이 때, 고려는 최항의 반대로 인하여 왕이 나가지 않았다. 그 대신에 왕의 친족인 신안공 왕전이 육지로 나가 사신을 영접하였다. 그러자 몽골의 사신은 고려가 약속대로 국왕이 직접 육지로 나오지 않았음을 비난하고 본국으로 돌아가 버렸다.

야굴의 침략

몽골의 사신이 성과없이 귀국하게 되자, 다음 해인 1253년 (고종 40)에 몽골은 또다시 고려를 침략하였다. 곧 제5차 침략이었다. 이 때, 몽골군의 지휘관은 야굴(也窟)이었다. 그는 군사적인 공략과 함께 강도에 사절을 보내와 국왕의 출륙(出陸)을 독촉하였다. 이에 대하여 고려는 몽골의 군대가 먼저 철수하면 국왕과 신하가 모두 출륙하겠다고 하였다. 그러자 몽골은 국왕이 먼저 출륙하면 군사를 철수하겠다고 우겼다. 이번 몽골 침략군에는 앞서 인질로 몽골에 가 있던 국왕의 친족 영녕공 왕준도 함께 왔다. 왕준은 최항에게 편지를 보내, 국왕이 직접 출륙하기가 어렵다면 태자나 왕의 둘째 아들인 안경공 왕창이 대신에 출륙하여 사절을 영접할 것이며, 그렇게 되면 몽골군이 물러가게 될 것이라는 내용을 전하였다. 최항은 그 것도 거절하였다. 이리하여 철군의 교섭은 실패로 끝나고, 다시 고려와 몽골 간에 심한 충돌이 벌어지게 되었다.

고려 조정은 몽골군의 침략에 대비하여 충실도감(充實都監, 군사력을 보충하기 위하여 임시로 설치한 기관)을 설치하고, 백성들을 징발하여 각 군영의 군사력을 보충하였다. 또한 갑곶강에서 수전을 연습하고, 본토의 주민을 산성과 바다 섬으로 들어가게 하였다.

고려군은 곳곳에서 몽골군에 저항하였다. 별초군이 몽골군

강화 산성의 서문, 첨화루(강화군 강화읍 관청리)

과 교전을 벌이며, 특히 살례탑을 사살하였던 김윤후는 백성들과 함께 충주성을 결사적으로 지켜냄으로써 몽골군의 진격을 저지하였다. 그러나 각지의 백성들이 당하는 고통과 피해는 이루 말할 수가 없었다. 마침내 고려는 태도를 낮추었다. 고종이 강화도의 북쪽 한강 건너편에 위치한 승천부 궁궐에 나가 야굴이 보낸 사절을 접견하였다. 국왕이 출륙한 것은 몽골과의 전쟁이 벌어진 이래 이번이 처음이었다. 그 해 12월, 안경공 왕창이 몽골로 입조의 길을 떠났다. 그러자 이듬해인 1254년(고종 41) 정월에 몽골군도 모두 철수하였다.

차라대의 침략

몽골군의 철수는 일시적인 조치에 불과하였다. 몽골은 1254

년(고종 41)에 다시 사신을 보내왔다. 사신은 비록 국왕은 출륙하였다 하나 최항을 비롯한 조정 대신들이 나오지 않았으니 그것이 진정으로 항복한 것이냐고 물었다. 그러면서 몽골에 항복한 관리들을 고려가 처형한 사실을 비난하였다.

1254년(고종 41) 7월, 몽골군의 제6차 침략이 시작되었다. 몽골군의 지휘관은 차라대(車羅大)였다. 몽골은 다시금 무력으로 위협하여 그들의 목적인 강도 정부의 개경으로의 환도와 국왕의 친조를 실현시키고자 하였다. 차라대의 이 침략은 네 차례에 걸쳐 무려 6년간이나 계속되었다.

강도 정부는 경상도와 전라도의 별초군을 뽑아 올려 강도성의 경비를 강화하였다. 각지에서도 백성들과 별초군이 몽골군에 대항하여 용감하게 싸웠다. 그러므로 몽골군 역시 피해를 입지 않을 수 없었다. 그러나 고려의 피해는 더욱 컸다. 이 때의 참혹한 상황이 『고려사』에 다음과 같이 기록되어 있다.

"이 해에 몽골군에게 잡혀 간 남녀가 무려 26만 6천 8백여 명이요, 살육을 당한 사람은 이루 셀 수가 없었으며, 그들이 지나간 주·군(州郡)들은 모두 잿더미로 되었다. 몽골군의 침략이 있은 뒤로 이보다 심한 때는 없었다."

이러한 상황에 직면하여 고려는, 한편으로 몽골군의 철수에 대한 교섭을 벌이면서, 다른 한편으로는 여전히 항전을 계속하였다. 이에 몽골군도 바라는 바의 목적을 달성하지 못한 채, 1255년(고종 42) 봄에 북쪽으로 일단 철수하였다.

북쪽에서 사태를 관망하던 차라대는 이 해 가을에 다시 침략하여 각지를 노략질하였다. 고려가 아무런 태도의 변화를 보이지 않았기 때문이다. 차라대는 육지에서의 노략질과 함께 강화도 동쪽 맞은편 김포 반도 연안에서 군대를 시위하며 강도를 위협하였다. 그는 전라도 서해안의 섬들도 직접 공격하였다. 몽골군의 전라도 섬들에 대한 공격은 강도 정부가 수군을 남하시켜 적극적으로 대응하고, 섬에 들어온 백성들도 힘을 다하여 대항함으로써 실패하였다. 몽골군의 군사 행동은 1년 이상 계속되다가 1256년(고종 43)에야 멈추었다. 몽골군이 군사 행동을 멈추고 철군한 것은, 당시 몽골 수도에 가 있던 고려 사신이 황제에게 간곡히 호소한 결과였다. 이로써 차라대의 제2차 침입도 아무런 해결점을 찾지 못하고 끝났다.

고려는 몽골의 계속되는 군사 행동에 더욱 적대감을 품게 되었다. 그 후로 몽골이 요구하는 개경으로의 환도와 국왕의 친조에도 전혀 응하지 않았다. 고려 조정 대신들은 서로 의논하며 말하였다.

"몽골이 해마다 침략을 하니, 우리가 아무리 있는 힘을

다하여 그들을 섬겨도 이익될 것이 없다. 그러니 전례에
의한 봄철 공납을 정지하자."

　그리하여 1257년(고종 44) 봄에 몽골로 보내는 공물을 정지
시켜 버렸다. 이에 자극되어 그 해 6월에 차라대가 세 번째로
침략하였다.

　차라대는 강도 정부와 접촉하며 한 발자국 양보하였다. 그
는 국왕의 친조 대신에 태자가 입조하여도 좋다는 뜻을 밝혔
다. 몽골측의 이와 같은 제의에 대하여 고려에서도 그에 따르
기로 하였다. 이렇게 하여 해결의 실마리가 잡히자 몽골군은
일단 북쪽으로 철수하였다. 그러나 이번에는 태자의 신변 안전
을 염려한 국왕 고종의 반대에 부딪혔다. 그래서 고려는 약속
과 달리 태자 대신으로 태자의 동생인 안경공 왕창을 보내었

강화 산성의 북문, 진송루 (강화군 강화읍 국화리)

다. 양국 간에는 다시 충돌의 위험이 높아졌다.

이 무렵 고려에서는 정치적으로 큰 변화가 일어났다. 1257
년(고종 44)에 최씨 정권의 집권자 최항이 죽고 그의 유언에 따라
아들 최의가 집권하여 교정별감이 되었다. 최항은 적자(정실 부인
의 아들)가 없었으므로 사생자(정당한 혼인 관계가 아닌 남녀 사이에 낳은 자
식)인 최의를 후계자로 지명하였다.

최의는 처음 권력을 행사하게 되자 인심을 얻고자 하였다.
그는 창고를 열어 기아에 허덕이는 백성을 구제하고, 여러 군
영에도 곡식을 풀어 주었다. 그러나 최의는 나이가 어리고 우
매하여 어진 선비를 예우하지 않았다. 또 최의의 신임을 받는
자들도 모두 용렬하고 경박한 하인들이었다. 그들은 안으로는
참소(남을 헐뜯어 없는 죄를 있는 것처럼 꾸며서 고해 바침)를 일삼고 밖으로
는 권세를 떨쳐 백성들을 괴롭혔다. 최의는 자기의 어머니가
원래 천인이었으므로, 자신이 미천하다는 말을 들으면 그 관련
자들을 모조리 죽였다. 나중에는 기근이 일어나도 다시는 곡식
을 풀어 구제하지도 않았다. 그는 더욱 인심을 크게 잃었다.

별장(정7품 무반직) 김준(처음 이름은 김인준)과 유경 등은 은근히 걱
정이 되었다. 그들은 비밀히 모의하였다.

"최의는 옳지 않은 소인들을 친근히 하여 참소를 잘 믿
고 시기가 많으니, 일찍 도모하지 않으면 우리들도 죽음을

면치 못할 것이다."

　김준 등은 드디어 최의의 집을 습격하여 최의와 그의 일당을 죽였다. 이 정변은 1258년(고종 45)에 일어난 일로, 최의가 집권한 지 불과 1년만에 빌어진 사건이었다. 이로써 4대 60여 연간 (1196-1258) 계속되어 온 최씨 정권이 끝나고, 형식적으로나마 국왕의 정치가 회복되었다.

　정변이 발생한 이 후, 국가의 권력은 점차 유경의 손아귀에 장악되었다. 김준은 그의 아우 김충(처음 이름은 김승준)과 모의하여 유경 일파를 제거하였다. 김준은 교정별감에 임명되고 국가의 권력은 그에게 집중되었다. 이에 무신의 발호(세차고 사나워서 제어할 수 없게 날뜀)가 또 다시 나타나게 되었다.

　이러한 분위기에서 차라대가 네 번째로 침략하였다. 차라대는 먼젓번에 고려가 약속을 어긴 사실을 추궁하였다. 그와 동시에 국왕의 개경 환도와 태자의 몽골 조정에 입조를 거듭 독촉하였다. 고종은 승천부로 나가 몽골의 사신을 맞았으나, 태자의 입조 문제는 도중에 불의의 사변이 일어날까 우려하여 결정하지 못하고 있었다. 차라대는 다시 강화도 맞은편에 군사를 집결시켜 강도를 위협하는 동시에 각지를 노략질하였다.

　국왕과 신하들은 몽골과의 화의가 어쩔 수 없다고 판단하였다. 그래서 사신을 몽골에 보내 개경으로 환도와 태자의 입조를 실천할 뜻을 전달하였다.

1259년(고종 46) 3월, 마침내 몽골의 사신이 강도에 이르러 태자의 입조에 관한 절차를 논의하였다. 이어서 몽골군은 철수를 시작하였으며, 4월에는 태자(뒤의 원종)가 약속대로 몽골로 출발하였다. 6월에는 강도의 내성(內城)을 헐기 시작하였다. 이 때, 몽골 사신의 독촉이 매우 심하여 군사들은 그 고통을 견딜 수가 없어 울면서 말하였다.

"이럴 줄 알았다면 성을 쌓지 않았던 것만 못하다."

태자가 몽골로 향하고 강도성이 헐리면서 몽골과 고려 간에 29년(1231-1259)에 걸쳐 계속되어 온 전쟁은 드디어 끝을 맺게 되었다.

3 삼별초의 개경 환도 반대와 반몽 항쟁

　　고려 조정에서는 몽골과의 전쟁이 계속되는 동안에도 주로 문신들로부터 화의를 맺자는 의견이 있었다. 이러한 의견은 강경한 정책을 고수하고 있는 최씨 무신 정권의 억압에 눌려 별다른 주목을 받지 못하였다. 1258년(고종 45) 3월, 최씨 무신 정권의 마지막 집권자인 최의가 김준 등에게 제거되자 분위기는 크게 바뀌었다. 마침내 새로운 정치적 환경에서 몽골과의 화의가 이루어졌다. 이듬해에는 드디어 태자(뒤의 원종)의 몽골 입조도 결행되었다.

　　1259년(고종 46), 태자가 몽골 황제를 만나기 위하여 중국 땅 깊숙이 들어가 여행을 계속하고 있는 도중에 갑작스런 사태가 발생하였다. 그 해 6월, 고려 고종이 세상을 떠나고, 다음 달에는 몽골 황제 헌종이 남송을 정벌하던 중에 진중에서 사망하였다. 황제의 사망으로 몽골에서는 황위 계승 분쟁이 일어났다. 헌종의 막내 동생인 아리부가(阿里不哥)는 몽골의 수도 카라코룸

삼별초군 호국 항몽유허비(강화군 내가면 외포리)

(和林, 화림)을 지키고 있었는데, 황제에 오르려는 움직임을 보였다. 헌종을 따라 남송을 치러 전선에 나가 있던 헌종의 둘째 동생 쿠빌라이(忽必烈, 홀필렬, 뒤의 세조)도 가만히 있지 않았다. 쿠빌라이는 서둘러 남송과 강화(전쟁을 끝내고 평화를 회복하기 위한 교전국 사이의 합의)를 맺고, 동생을 저지하기 위하여 급히 북상하였다.

이러한 사태는 몽골 황제를 만나기 위하여 어려운 발걸음을 내디딘 고려 태자에게는 중대한 고비였다. 당시 몽골의 제후들도 황위가 누구에게로 돌아갈 지를 몰라 어느 편을 따라야 할 지 망설이고 있었다. 고려 태자는 결단을 내려 쿠빌라이를 만나기로 하고 남쪽으로 향하였다. 태자는 마침내 중국 땅에서 쿠빌라이를 만날 수 있었다. 이 때, 쿠빌라이의 기쁨은 대단하였다. 그는 크게 반가와 하고 놀라며 말하였다.

"고려는 만리나 떨어져 있는 먼 나라요, 일찍이 당나라 태종이 친히 정벌하였으나 항복시킬 수 없었는데, 지금 그 나라의 세자가 스스로 와서 나를 따르니 이는 하늘의 뜻이다."

쿠빌라이는 태자 일행과 함께 개평부(開平府, 뒷날 원나라의 상도, 현재의 내몽골 자치구 다륜현 부근)에 이르렀다. 여기서 고종의 부음을 듣고는 태자를 즉시 고려로 돌아가게 하였다. 1260년(원종 1) 3월, 태자는 본국으로 돌아와 국왕으로 즉위하여 원종이 되었다. 쿠빌라이 역시 몽골의 황위를 계승하여 세조가 되었다.

이렇게 하여 고려와 몽골 사이에는 실질적인 강화가 이루어졌다. 몽골 세조는 황제로 즉위 직후, 고려에 사신을 보내왔다. 사신은 '군대를 철수시키고 붙잡아 간 고려 백성들을 돌려 보내겠다'는 내용의 황제의 조서(詔書, 왕의 지시를 적은 문서)를 가지고 왔다. 고려는 그에 대한 감사의 예의를 표시하고, 또 황제의 즉위를 축하하기 위하여 사신을 몽골에 보냈다. 사신이 귀국할 때, 앞서 몽골 황제에게 요청한 여섯 가지 사항들을 모두 승인한다는 조서도 가지고 왔다.

첫째, 의관은 고려의 풍속에 따르고 바꾸지 않아도 좋다.

둘째, 몽골에서 고려에 가는 사람들은 오직 조정에서 파견하는 사람으로 제한하고, 나머지는 모두 절대 금지한다.

셋째, 옛 서울로 환도하는 시기는 형편에 따라 빨리 혹은 늦게 하여도 좋다.

넷째, 고려에 주둔하고 있는 군사들은 가을 안으로 철수시킬 것이다.

다섯째, 전에 설치한 다루가치 일행은 모두 본국으로 돌아오도록 하였다.

여섯째, 몽골에서 살겠다고 스스로 원하는 고려 사람들이 10여 명 되는데, 그들이 어디에 살고 있는지 모르므로 철저하게 조사하여 볼 것이며, 이 후로는 그와 같이 머무르기를 바라는 자가 있더라도 결코 허가하지 않을 것이다.

몽골 세조가 이와 같이 고려의 요구를 매우 호의적으로 허용한 것은 일단 세조의 관용 정책에서 나온 것이다. 그렇지만 세조로 하여금 이러한 정책으로 고려를 대하게 한 데에는 29년에 걸친 고려의 강인한 항쟁이 뒷받침되어 있었다.

위의 여섯 가지 내용은 이 후의 고려와 몽골 양국 간의 관계에 커다란 영향을 미쳤다. 몽골 세조의 이러한 약속은 그대로 실천에 옮겨졌다. 그로부터 두 나라 사이에는 사절의 왕래가 잦아졌다. 1261년(원종 2)에는 고려의 태자 왕심(뒤의 충렬왕)이 직접 몽골에 갔다. 태자는 황제가 그 간에 아리부가를 쳐서 승리한 것을 축하하는 등 서로 친선 관계의 증진에 노력하였다.

이 시기에도 고려와 몽골 사이의 관계가 그렇게 순탄하지만은 않았다. 고려 내부에서 각자의 입장과 이해 관계가 달랐기 때문이다. 고려 왕실로서는 몽골의 황실에 접근함으로써, 황실을 배경으로 하여 그동안 잃었던 왕권을 회복하고자 하였다. 이에 대하여 김준을 중심으로 하는 당시의 집권 무신 세력의 생각은 달랐다. 무신들은 일시적으로 대세에 밀려 몽골과의 화의에 동의하기는 하였으나, 곧 몽골에 반대하는 전통적인 무신들의 태도로 돌아섰다. 무신들은 고려 왕실과 몽골 황실의 밀착에 따라, 장차 자신들의 지위에 닥쳐올 위협에 대하여 불안과 초조감을 감출 수가 없었다. 더욱이 몽골은 또 그 나름으로 고려에 친 몽골 세력을 구축하여, 그것을 일본 정벌에 이용하려는 야심을 가지고 있었다.

1264년(원종 5), 몽골이 고려 국왕의 친조를 요구하였을 때, 김준 등 무신들은 그에 반대하였다. 그렇지만 문신의 대표격인 참지정사(중서문하성의 종2품 벼슬) 이장용은 친조를 적극적으로 주장하였다. 그는 국왕이 친조하면 화친이 계속될 것이나, 그렇지 않을 경우에는 몽골과 틈이 생긴다고 하였다. 이장용은 몽골과 틈이 생기면 전쟁이 다시 발생하고, 이에 따라 그 전과 마찬가지의 무신 정권 시대가 다시 오지 않을까 걱정하고 있었다. 원종은 문신들의 의견을 좇아 1264년 8월에 국왕으로서는 처음으로 몽골 조정을 방문하였다. 그 결과 고려와 몽골 왕실

간의 유대 관계는 긴밀하여졌다. 이와 더불어 고려에 대한 몽골의 영향력도 한층 강화되었다.

1268년(원종 9), 강화도에서 개경으로의 환도를 위하여 개경에 출배도감(出排都監, 환도 업무를 위하여 임시로 설치한 관청)을 설치하는 문제에서도 김준 등은 여전히 반대하였다. 이에 문하시중(문하성의 최고 관리로 종1품)인 이장용이 중재 방안을 내었다. 일단 옛 서울인 개경에 궁실을 갖추되, 여름에는 개경에서 지내다가 겨울이 되면 강도로 되돌아온다는 타협안이었다.

무신들의 항몽 자세는 무엇보다도 몽골이 고려를 통하여 일본을 정벌하려 하였을 때 거세게 나타났다. 몽골은 고려를 통하여 일본에 초유사(난리가 났을 때 백성을 타이르는 일을 맡은 관리)를 파견하고, 일본 정벌에 고려의 병사와 군수물자를 동원하려 하였다.

몽골은 위압적 태도를 취하며, 김준 부자와 김준의 동생 김충 그리고 이장용을 몽골로 오도록 명령하였다. 김준은 이에 크게 반발하여 몽골의 사신을 죽이고, 도읍을 강화도 보다 더 먼 바다 섬으로 옮길 계획을 세웠다. 김준의 계획은 국왕 원종의 반대에 부딪혔다. 그러자 김준은 이 기회에 원종을 폐위시켜 버리려고 하였다. 그러나 동생 김충의 반대로 실현하지 못하였다.

원종은 몽골의 명령을 거부하는 김준에게 불만을 가졌으나 어찌할 수가 없었다. 결국 이장용이 단독으로 몽골에 갔다. 몽골 황제는 이장용을 통하여 고려에게 배 1천 척을 건조할 것을 지시하였다. 오랜 전쟁으로 피폐하여진 고려로서는 큰 부담이었다. 이장용은 고려의 어려움을 호소하며 기한을 늦추어 줄 것을 요청하였다. 이처럼 몽골과의 관계를 둘러싸고 당시 고려 조정의 분위기는 매우 험악하고도 미묘하였다.

김준은 그동안 국왕인 원종과 사이가 나빠진 데다가, 같은 무신 세력인 임연과도 틈이 벌어졌다. 원종은 비밀히 임연을 이용하고자 하였다. 임연은 마침내 김준을 궁중으로 불러들여 참살하였다. 김준의 동생 김충과 그들의 가족은 물론이거니와 김준의 도당들도 모두 처단하였다.

1268년(원종 9), 임연이 무신 정권의 새로운 집권자로 등장하였다. 그러나 임연 역시도 과거의 무신 집권자들처럼 무소불위(無所不爲, 못할 일이 없이 다함)의 권력을 휘둘렀다.

임연은 무신 정권의 전통적 항몽 정책을 그대로 유지하였다. 임연의 군사적 기반은 가병(家兵, 세력이 강한 관리가 사사로이 양성하는 병졸)과 도방 등의 사병 집단과 특히 야별초였다. 임연은 야별초의 지휘관으로 근무하였기 때문에 그들과 밀접한 관계를 맺고 있었다. 그리하여 김준 일당을 제거할 때 임연은 야별초를 주력 군사로 이용할 수 있었다.

김준을 제거하는 데 서로 협력하였던 원종과 임연은 그 후

곧 충돌을 일으켰다. 1269년(원종 10), 임연은 삼별초와 도방을 이용하여 멋대로 원종을 폐위시키고, 왕의 동생을 새로운 국왕으로 내세웠다. 당시 몽골에 가 있던 태자(뒤의 충렬왕)는 이 소식을 듣고 급히 몽골 황제에게 사태를 알렸다. 황제는 사신을 고려에 보내 사태의 진상을 파악하였다. 몽골 사신은 임연을 만나 사건을 추궁하며, 국왕을 복위시키도록 하였다. 몽골군의 개입을 두려워한 임연은 할 수 없이 재상들의 회의를 열고, 원종을 다시 왕위에 앉혔다. 이 사건은 몽골이 고려에 세력을 확장하는 좋은 기회로 작용하였다.

이 무렵, 서북면 병마사영(평안북도 지역의 군사 통솔 기구)의 기관(記官, 기록을 담당한 하급 관리)인 최탄 등이 임연을 처단한다는 구호를 들고 반란을 일으켰다. 최탄 등은 마침내 자비령(황해도 황주에 있는 고개) 이북의 땅을 가지고 몽골에 항복하였다. 몽골은 그 지역을 몽골 영토로 편입함과 동시에 동녕부를 서경에 설치하였다. 동녕부는 고려의 빈번한 요청으로, 한 참 후인 충렬왕 16년(1290)에 가서야 폐지되었다.

원종은 왕으로 복위된 후에 다시 몽골을 방문하였다. 그리고 양국 간의 화목한 관계를 위하여 태자와 몽골 공주와의 혼인을 제의하였다. 이와 더불어 권력을 휘두르는 신하를 제거하고, 개경으로 환도하는 데 필요한 군사 원조를 요청하였다. 몽골 황제는 이러한 제안들에 대하여 혼인 문제는 뒷날로 미루었으나, 군사 원조는 즉시 허락하였다.

이러한 때, 임연에게 몽골로 와서 국왕 폐위 사건에 대한 진상을 보고하라는 황제의 지시가 있었다. 임연은 어찌할 바를 모르고 매우 어려운 처지가 되었다. 임연은 황제의 지시를 거역하고, 몽골에 대항할 방도를 모색하기에 골몰하였다. 마침내는 야별초를 각 지방에 파견하여 백성들을 바다 섬으로 들어가도록 독촉하였다. 그러다가 결국 울분 끝에 등창이 나서 죽었다.

1270년(원종 11), 임연이 죽자 그의 아들 임유무가 아버지의 후광을 입어 권력을 이어 받았다. 임유무는 젊은 나이로 경험이 부족하여 일을 처리하는 능력이 부족하였다. 또 독자적인 군사력 기반도 갖고 있지 않았다. 당시 반 임연 세력의 중심 인물인 원종은 몽골에 가 있었다. 나라의 책임은 왕실 종친인 순안후 왕종이 임시로 맡고 있었다. 임유무는 왕종으로부터 교정별감직을 받음으로써 손쉽게 권력을 승계할 수 있었다.

교정별감은 최충헌이 정권 유지를 위하여 설치한 교정도감의 책임자였다. 최충헌이 처음 그 관직을 가진 이래, 무신 정권의 집권자들은 권력을 잡은 후 먼저 교정별감에 임명되는 것이 일종의 관례와 같이 되었다. 교정별감은 무신 집권자에게는 필수의 요직으로서 세습 관직과 같은 것이었다.

새로운 집권자 임유무도 앞의 무신 집권자들처럼 몽골에 저항하는 정책에 아무런 변화가 없었다. 이때, 원종이 세자 및 몽골군과 함께 귀국하고 있었다. 원종은 서경 부근에 이르러서 강화도에 사람을 보내 문무 양반으로부터 백성에 이르기까지 모두 가족을 데리고 개경으로 나올 것을 지시하였다. 원종은 말하였다.

"국가의 존망이 이번 이 사업 하나에 달렸으니, 마땅히 각자는 있는 힘을 다하여야 할 것이다."

원종의 개경 환도 지시에 대하여 임유무의 태도는 그의 아버지 임연을 본받아 또한 변함이 없었다. 임유무는 여러 사람에게 개경 환도에 대한 찬반의 뜻을 물었다. 이에 대부분이 왕의 지시에 복종하고자 하였으므로, 임유무는 매우 분노하였다. 그는 결연하게 수로 방호사(水路防護使)와 산성 별감(山城別監)을 각지에 파견하여 백성들을 모아 가지고 지키게 하였다. 그리고 야별초를 강화도 바로 서쪽에 있는 교동도에 보내어 몽골군의 침략에 대비하였다.

임유무의 이러한 태도로 형세가 매우 험악하여지자 원종은 임유무의 제거를 모의하였다. 원종은 비밀히 어사중승 홍문계를 설득하였다. 홍문계는 직문하성사 송송례와 함께 삼별초를 움직이는데 성공하였다.

1270년(원종 11) 5월, 마침내 송송례·홍문계 등이 삼별초를 이끌고 임유무 일당을 처단하였다. 임유무가 제거됨으로써 무신 정권이 드디어 끝을 맺게 되었다.

임유무의 처단 소식은 원종이 용천역(황해도 서흥)에 이르렀을 때 전하여졌다. 그리하여 개경으로 환도할 날짜가 비로소 결정되었는데, 5월 23일로 공고되었다. 이제 개경으로의 환도는 순조롭게 실현될 듯이 보였다. 그러나 이번에는 삼별초가 그에 반대하여 들고 일어났다.

삼별초는 다른 마음을 품고 왕의 개경 환도 지시에 복종하지 않았다. 뿐만 아니라 국가의 창고를 제 마음대로 열고 재물을 소비하였다. 이에 대하여 왕은 먼저 무마책을 쓰기로 하고 상장군 정자여를 강화도로 보내 삼별초를 잘 타이르게 하였다. 그러나 삼별초는 그의 말을 듣지 않았다.

5월 27일, 개경으로 돌아온 원종은 단호한 조치를 취하였다. 장군 김지저를 강화도에 보내 삼별초를 해산시키고 삼별초의 명부를 압수하게 하였다. 이에 삼별초는 크게 반발하였으며, 삼별초의 항쟁이 시작되었다.

삼별초는 몽골의 고려 침략 직전인 최우 때에 조직된 이래 무신 집권자의 사병처럼 움직여 왔다. 김준이 최의를 벨 때나, 임연이 김준을 벨 때나, 송송례가 임유무를 벨 때에 모두 삼별초의 힘을 빌렸다. 몽골군의 침입 때는 강화도의 수비는 물론이요, 각지에서 게릴라 전술로 몽골군을 괴롭힌 것도 대개 삼별초였다. 그러므로 삼별초의 몽골에 대한 적개심은 유달리 강하였다. 이제 몽골이 국왕 원종과 세자를 앞세우고 개경 환도를 강행하기 위하여 압력을 가하자, 삼별초는 심한 불만을 품었다.

배중손 사당과 동상 (진도군 임회면 백동리)

삼별초가 항쟁의 뜻을 품은 것은 환도 기일을 공고하였던 때부터였다. 삼별초의 항쟁이 일어난 까닭도 환도에 대한 반대는 물론이거니와 몽골에 대한 저항이었다. 강화 천도 이후에 주로 몽골군에 저항하여 온 것은 삼별초였다. 임연 부자가 중심이 되어 개경 환도를 거부할 때도 오로지 삼별초가 이용되었다. 삼별초는 몽골에 대한 전통적 적개심과 몽골의 압력에 대한 불안과 걱정이 유달리 컸다. 삼별초의 정서가 이러함에도 불구하고, 원종은 몽골군을 끌어들였다. 그리고 강도의 군사들과 백성들에게 위력으로 압력을 가하고 환도를 시행하려 하였다. 이에 삼별초의 저항이 폭발하였다.

『고려사』 배중손 열전에는 삼별초가 그들의 명부가 몽골에 알려질 것을 두려워하여 더욱 반역의 뜻을 품게 되었다고 한다. 그러나 오랫동안 대몽 항전에 종사하여 온 삼별초에게 그들의 명부가 몽골에 알려지는 것은 그다지 큰 문제가 아니었다. 다만 삼별초가 해산되면 국가와 삼별초의 관계가 끊어지며, 동시에 삼별초는 군대로서 존속될 수도 없었다. 그러므로 해산 조치가 개경 환도에 다른 마음을 품고 있던 삼별초의 감정을 격화시켜 불에 기름을 끼얹는 격이 되었다.

삼별초가 해산되고 그 명부가 몰수되어 삼별초의 정서는 더욱 격앙되었다. 이때, 장군 배중손은 야별초 지유(군사 직책 이름) 노영희 등과 더불어 거사를 감행하였다. 1270년(원종 11) 6월 1일의 일이었다.

배중손은 사람을 시켜 강도 거리에서 외치게 하였다.

"몽골의 대군이 침입하여 백성을 살육하니, 나라를 도우려는 사람들은 모두 구정(毬庭, 말타고 경기하는 격구 운동장)으로 모이라!"

이윽고 강도 사람들이 크게 모여들었으며, 혹은 사방으로 흩어져 도망치는 사람도 있었다. 또 다투어 배를 타고 강을 건너다 물에 빠져 죽는 사람들도 많았다. 삼별초는 사람들이 육지로 왕래하는 것을 금지하고 강 언덕을 순찰하였다. 그러면서 외쳤다.

"양반으로서 배에서 내려오지 않는 자는 모조리 죽인다."

듣는 사람들은 모두 무서워서 배에서 내렸다. 그 중에는 배를 저어 개경으로 향하려 하는 자도 있었다. 그러나 삼별초가 작은 배를 타고 쫓아가 활을 쏘았으므로 모두 감히 움직이지 못하였다. 강도의 성 안 사람들은 놀라서 숲 속으로 흩어져 숨었다. 어린이와 부녀들의 울음소리도 길에 낭자하였다. 삼별초는 금강고의 병기를 꺼내서 군졸들에게 나누어 주고 강도성을 굳게 지켰다.

배중손과 노영희는 삼별초를 거느리고 시랑(市廊, 저자 거리의 행랑채)에 모였다. 그들은 왕손인 승화후 왕온을 추대하여 새로운 왕으로 삼고, 관청 부서를 설치하였다. 대장군 유존혁과 상서 좌승 이신손이 좌·우 승선(왕명의 전달을 맡은 신하)으로 임명되었다. 삼별초는 자기들에게 호응하지 않고 있던 장군들과 몽골에서 파견되어 온 회회(호레즘 왕국, 서역 이슬람국) 사람들을 거리에서 베어 죽였다.

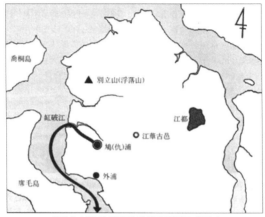

삼별초 선박이 출항한 강화도의 구포 추정지
도면 출처 : 윤용혁, 『고려 삼별초의 대몽항쟁』, 156쪽

배중손 등이 승화후 왕온을 왕으로 삼고, 관청 부서의 설치와 관원을 임명한 것은, 옛 서울 개경으로 돌아간 개경 정부에 대항하여 새로운 정부를 세운 것이다. 이것은 몽골에 굴복한 원종을 국왕으로 인정하지 않는다는 뜻이다. 마치 앞서 임연이 마음대로 원종을 폐위시킨 것과 비슷한 행동이었다. 삼별초로서는 몽골에 적극적으로 대항하기 위하여서는 통제된 국가적 체제가 필요하였다.

강도에 있던 조정 관리들 가운데는 육지로 빠져 나가는 자가 적지 않았다. 강도를 지키는 군사들도 도망하여 육지로 나가는 자가 많았다. 이러한 사태로 삼별초 측은 강화도를 지키는 것이 어려울 것으로 판단하였다. 삼별초는 강화도에 있는 배들을 전부 모아서, 그 배에 모든 재물과 백성·노비들을 싣고 남쪽으로 내려갔다. 삼별초는 강화도의 서북쪽 해안의 구포(仇浦)로부터 빠져 나갔는데, 무려 1천여 척의 배가 서로 꼬리를 물고 이어졌다.

　　당시 조정의 관리들은 몽골에서 귀국하던 왕을 맞으러 모두 육지로 나가고, 그들의 가족은 강도에 남아 있었다. 이들 가족들이 모두 삼별초에게 붙들려 바다로 떠나가니 통곡하는 소리가 천지를 진동하였다. 삼별초는 국가가 저축하여 놓은 재화도 모조리 배에 싣고 갔으므로, 드디어 강화도는 텅 비게 되었다.

4 진도로 이동한 삼별초의 항쟁

삼별초는 서해 일대의 섬들을 경략(경영하여 다스림)하면서 서서히 남하하였다. 1270년(원종 11) 8월에는 진도에 이르러 둥지를 틀었다. 이는 마치 앞서 최우가 강화도로 천도한 상황을 다시 보는 것과 같다. 원종이 몽골과 결탁하고 있기 때문에, 몽골에 대항하기 위하여서는 멀리 남쪽 해상에 근거지를 옮겨, 적어도 남부 일대를 그들의 세력에 넣을 셈이었다. 그러기 위하여서는 강화도처럼 육지에 가까우면서도 많은 인구를 수용할 수 있는 넓고 큰 섬이 필요하였다.

삼별초가 특히 믿고 의지하는 것은 바다를 지배하여 다스릴 수 있는 자신들의 능력이었다. 그러므로 해상의 요충지가 필요하였다. 진도는 이와 같은 조건에 맞는 곳이었다. 그렇기 때문에 삼별초가 진도를 점령하자 개경 정부는 크게 비명을 지르지 않을 수 없었다. 개경 정부는 1271년(원종 12) 3월에 원나라(1271년에 몽골이 국호를 원으로 변경)에 국서를 보내면서 진도의 중요성을

용장성 조감도 (진도군 군내면 · 고군면 일대)

이렇게 말하였다.

"경상도 · 전라도의 공물과 부세는 다 육상 운수로 나르
지 못하고 반드시 바다로 운반하여야 한다. 그런데 지금
역적(삼별초)들이 거점으로 삼고 있는 진도는 해상 수로의
목구멍과 같은 요충 지점인 까닭에 내왕하는 선박들을 그
곳으로 통과시킬 수 없다."

삼별초는 진도로 들어간 뒤에 용장성(전라남도 진도군 군내면 용장
리와 고군면 벽파리 일대)을 쌓고 궁전을 크게 지어 도성으로서의 시
설에 힘을 기울였다. 오늘날 남아있는 유적으로 볼 때, 용장성
의 둘레는 약 13킬로미터, 성안의 면적은 약 258만평에 이르는

방대한 규모였다.

진도를 수도로 한 삼별초의 세력과 활동은 매우 왕성하였다. 남해·창선·거제·제주 등을 비롯하여 30여 섬이 그들 해상 왕국의 영역이 되었다. 특히 남해도(경상남도 남해군)에는 삼별초의 지도적 인물 가운데 한 사람인 유존혁이 웅거(어떤 땅에 자리잡고 굳세게 막아 지킴)하였다. 그는 진도와 양 날개를 이루어 남해안 일대를 호령하였다.

삼별초의 활동은 육지에서도 활발하였다. 그들은 먼저 육지의 백성과 물자들을 섬으로 옮겨 개경 정부에 대항할 수 있는 능력을 충실히 하였다. 장흥을 비롯하여 합포(마산)·금주(김해)·동래(부산) 등 남해 연안의 중요한 지역은 물론이고, 내륙 깊숙이 나주·전주에까지 진출하여 자기들의 세력권으로 삼았다. 특히 나주의 금성산성 전투에서는 7일 동안을 포위하며 격렬한 전투를 치루는 위력(떨치는 힘)도 발휘하였다.

용장성 내의 옛 궁궐터 전경 (진도군 군내면 용장리)

삼별초의 세력이 이와 같이 떨침에 따라 국내의 인심에 끼치는 영향이 매우 심각하였다. 이 때의 상황이『고려사』김응덕 열전에 이렇게 나와 있다.

"삼별초가 봉기하여 진도를 점령하고 있었는데, 기세가 심히 치열하여 각 주·군에서는 소문만 듣고도 그들을 맞아들이고 항복하며, 혹은 진도까지 찾아가서 적장(삼별초군 장수)에게 배알하는 자도 있었다. 심지어 나주 부사 박부도 태도를 결정하지 못하고 주저하고 있었다."

이처럼 멀고 가까운 주·군이 삼별초의 위력에 굴복하였다. 또 삼별초에게 항복하여 잔치를 베풀어 대접하는가 하면, 승화 후 왕온을 진정한 국왕으로 우러러 받들고 와서 배알하는 자도 있었다.

밀성군(밀양) 사람 방보 등은 군 내의 사람들을 모아 장차 진도 삼별초와 호응하고자 하였다. 방보 등은 밀성 부사를 죽이고, 스스로 공국 병마사(攻國兵馬使)라고 부르면서, 인근 군현들에도 공문을 보냈다. 방보 등은 자기의 도당을 청도군에 보내어 그 감무도 죽였다. 청도군의 사람들이 거짓으로 그 도당에게 항복하는 체하고 술을 대접하였다. 그 도당이 술에 취하자 모조리 잡아 죽였다.

이때 밀성군 사람 조천이 일선(선산) 현령이 되었다. 방보 등은 조천을 불러다가 같이 반역하기로 약속하였다. 얼마 후 조천은 그 도당이 청도에서 몰살 당하였다는 소식을 들었다. 조천은 같은 고을 사람과 더불어 역적의 괴수를 죽일 계획을 세웠다. 마침내 조천은 방보 등을 죽이고 안찰사에게 항복하였다.

이러한 반란은 지방에서뿐만 아니라 서울 개경에서도 일어났다. 관노 숭겸의 무리는 다루가치와 관직에 있는 우리나라 사람들을 죽이고, 진도로 가서 투항하려고 음모하였다. 마침 사건이 터지기 전에 발각되어 숭겸 등은 모두 처단되었다.

숭겸의 사건은 대부도(경기도 안산시)의 반란에까지 영향을 미쳤다. 대부도에 들어가 있던 몽골 군사들이 주민들을 괴롭히고 물자를 약탈하므로 주민들의 원망이 매우 컸다. 마침 대부도 사람들이 개경에서 숭겸 등이 일어났다는 소식을 듣고, 드디어 몽골 군사 6명을 죽이고 반란을 일으켰다. 반란은 인근의 수주(수원) 부사가 거느리고 온 군사들에 진압되었지만, 이 사건은 당시 고려 백성들의 몽골에 대한 적개심이 매우 컸음을 보여주고 있다.

개경 정부는 삼별초가 강화도의 사람들과 물자들을 휩쓸어 바다로 남하하자, 추밀원 부사(정3품) 김방경을 역적 추토사(逆賊追討使)로 삼아 몽골군과 같이 해상으로 추격하게 하였다. 또 참지정사(중서문하성의 종2품 벼슬) 신사전을 전라도 토적사(全羅道討賊使)

로 삼아 연안 주·군의 방어를 맡도록 하였다. 그러나 군사들이 모두 풀이 죽어 있었으므로, 그 힘을 발휘하지 못하였다.

신사전은 삼별초가 주·군을 침략하는 데도 불구하고 도무지 공격할 생각을 하지 않았다. 어떤 사람이 그 까닭을 물으니 신사전은 말하였다.

"내가 이미 재상이 되었는데 역적의 군대를 격파하는 데 성공한다 하더라도 그 이상 또 무슨 벼슬을 얻겠는가?

신사전은 나주에 이르러 삼별초가 육지로 나온다는 소식을 듣고 황겁히 도망하여 개경으로 돌아왔다. 전주 부사 이빈도 또한 전주성을 버리고 도망하였다. 당시 정부군의 형편이 이러하였다.

9월에 이르러 국왕 원종은 장군 양동무·고여림 등에게 수군으로 진도를 공격하게 하였다. 그리고 신사전 대신 김방경을 전라도 추토사로 삼아 몽골 원수 아해(阿海)와 함께 진격하게 하였다. 이로부터 김방경이 개경군의 사령관 자격으로 몽골군과 함께 진도를 공격하였다.

몽골측은 삼별초의 반란을 처음부터 적극적으로 진압하였다. 원래 삼별초의 반란은 몽골에 저항하기 위하여 일어났다. 이 반란으로 말미암아 몽골은 모처럼 원종을 설득하여 고려를 자기의 속국으로 삼으려는 정책에 차질이 생기게 되었다.

몽골 황제는 고려를 통하여 일본 정벌을 계획하고 있었다. 그러나 삼별초가 해상에서 항전을 계속하는 동안에는 일본 정벌을 안심하고 추진할 수 없었다. 몽골측은 삼별초가 강화도를 떠나 남하하자마자 송 만호 등에게 군사 1천 명을 주어 바로 삼별초를 추격하게 하였다. 몽골 장수 송 만호는 추토사 김방경과 함께 영흥도(인천광역시 옹진군 영흥면)에 이르러 삼별초의 배들이 정박하고 있는 것을 바라보았다. 김방경은 이들을 바로 공격하려 하였다. 그러나 송 만호가 겁을 내어 김방경을 말리는 바람에 삼별초는 남쪽으로 멀리 떠나 버렸다.

삼별초에 대한 공격을 계기로 몽골측은 자기의 세력을 적극적으로 고려에 침투시켜 감시하였다. 두련가가 거느리는 몽골의 대군은 백주(황해도 배천)에 주둔하여 뒤를 든든히 받혔다. 아해는 안무사라는 이름으로 개경에 주둔하여 고려 조정의 동태를 감독하였다. 홍다구(洪茶丘, 홍차구로도 부름)는 전라·경상·동계(함경남도와 강원도 지방)의 지방 정황을 감시하였다. 홍다구는 조국인 고려를 배반하고 몽골에 항복한 홍복원의 아들이었다.

고려에 침투한 몽골의 세력은 둔전(주둔한 곳에서 군대가 스스로 군량을 마련하기 위하여 경작하는 밭)을 경영하며 주둔하였다. 둔전을 통하여 몽골측은 고려에 더욱 확고한 기반을 다질 수 있었다. 몽골군의 둔전 목적은 주로 일본 정벌의 준비에 있었다. 그렇지

진도 벽파진 부두 앞바다 (왼쪽 멀리 해남 삼지원이 보임)

만 한편으로는 삼별초에 대비하면서, 다른 한편으로는 개경 정
부를 견제하기 위한 것이었다. 몽골군의 둔전 계획은 1270년(원
종 11) 11월에 결정되었다. 고려는 둔전을 폐지하여 달라고 여러
차례 간청하였지만 거절당하였다. 몽골은 흔도(忻都)·사추(史
樞)·홍다구 등 장수들을 둔전 경략사로 임명하였다. 약 5천 명
의 몽골군이 황주(황해도)·봉주(황해도 봉산)·금주(경상남도 김해) 등
지에 둔전을 설치하였다. 둔전군에는 약 2천 명의 고려 백성도
동원되었다.

　이와 같이 몽골측은 조금씩 그의 세력을 고려에 퍼뜨리면서,
개경 정부와 긴밀히 협력하여 삼별초에 대응하였다. 몽골과 개
경 정부의 대응 조치들에도 불구하고 전쟁은 삼별초가 우세하
여 자주 그들이 승리하였다.

1270년(원종 11) 11월, 김방경이 몽골 원수 아해와 더불어 삼
견원(전라남도 해남군 황산면 옥동리 삼지원)에 이르렀다. 곧 바다 건너
맞은편 벽파정(전라남도 진도군 고군면 벽파리)의 삼별초군과 해전을
벌였다. 삼별초의 함선은 움직임이 나는 것처럼 빨라 그 세력
을 당할 수가 없었다. 싸울 때마다 삼별초군이 먼저 북을 치고
고함을 지르며 돌진하여 오곤 하였다. 이리하여 서로 간에 승
부를 가리지 못하고, 여러 날 동안 서로 대치만 하고 있었다. 이
때, 설상가상으로 김방경이 적과 내통하고 있다는 모함을 당하
여 개경으로 붙들려 간 일도 있었다.

삼별초의 토벌을 앞에 두고 개경 정부군의 중심 인물인 김
방경이 파면된 것은 토벌 작전에 큰 그림자가 드리워진 것이었
다. 그 뒤 죄가 없음이 판명되어 김방경은 다시 삼별초 토벌에
종사하게 되었다. 개경 정부는 또 만호 고을마에게 군사 2백 명
을 주어 남방 연해 지방을 지키게 하였다.

김방경은 다시 군대의 진용을 갖추고, 다음 달인 12월에 진
도를 공격하였다. 김방경이 진도 근해로 쳐들어가자, 삼별초군
은 모두 배를 타고 깃발들을 수 없이 펼쳐 꽂았다. 삼별초군의
징 소리와 북 소리가 바다에 요란하였다. 삼별초군은 성 위에
서 북을 울리고 아우성을 치며 큰 소리를 내어 기세를 돋구었
다. 아해는 겁을 내어 배에서 내려서 나주로 퇴각하려고 하였
다. 김방경은 아해에게 말하였다.

「**몽고습래회사**(蒙古襲來繪詞)」의 여·원 연합군 군선도
(일본인 화가가 여·원 연합군의 침공을 묘사하기 위하여 1293년
에 그린 그림)

"원수가 만일 후퇴한다면 이것은 우리의 약점을 보여
주는 셈이다. 적들이 승승장구하여 들이 닥치면 누가 그
창끝을 당해 낼 것인가? 또 황제가 이 사실을 듣고 책임을
묻는 날이면 무엇이라 대답하겠는가?"

김방경의 이 말에 아해는 감히 퇴각할 수가 없었다. 김방경
이 군사를 거느리고 공격하여 들어가니, 삼별초군은 전함으로
역습을 하여 왔다. 몽골군은 모두 후퇴하고 없었다. 김방경은
홀로 결의를 다지며 말하였다.

"승부의 결정은 오늘 하여야 한다."

삼별초군은 김방경이 탄 배를 포위하였다. 그리고 사방에서

압박하면서 자기 진영 쪽으로 몰아갔다. 김방경과 배 안의 군사들은 죽을 힘을 다하여 싸웠다. 그러나 화살도 돌도 모두 떨어졌다. 뿐만 아니라 배 안의 군사들 모두 화살에 맞아 일어나지를 못하였다.

김방경이 탄 배가 드디어 진도의 기슭에 닿았다. 삼별초의 한 군졸이 칼날을 번득이면서 김방경의 배 안으로 뛰어 들었다. 김방경의 부하가 짧은 창으로 그를 찔러 넘어뜨렸다. 김방경이 일어나면서 말하였다.

"차라리 고기 배 속에 장사를 지낼지언정 어찌 반란군의 손에 죽겠느냐?"

김방경은 스스로 바다에 몸을 던져 죽으려고 하였다. 김방경을 호위하는 군사들이 결사적으로 그것을 말렸다. 이 때, 부상당한 군사들이 김방경이 위급한 것을 보고 소리를 내지르면서 일어나 급히 싸웠다. 김방경은 의자에 앉아 군사들을 지휘하며 안색이 조금도 변하지 않았다. 곧 장군 양동무가 함선을 타고 돌격하여 와서 싸움이 조금 풀리게 되었다. 이에 김방경은 포위를 뚫고 나올 수 있었다.

김방경의 이러한 고군분투에도 불구하고 여·몽 연합군은 그 군세를 떨치지 못하였다. 삼별초의 완강한 저항과 아해의 무능함으로 말미암아 한갓 시일만 지연되고 있었다.

1271년(원종 12) 정월, 몽골에서는 고려의 요청으로 아해를 불러들였다. 그 대신에 둔전경략사 흔도·사추로 하여금 공격군을 지휘하게 하였다.

원나라의 청동 화총(火銃)
사진 출처 : 『중국 고대 기물 대사전(병기·형구)』

연합군측은 삼별초와의 전투에서 도리어 쓰라린 경험을 맛보고 있었다. 몽골측은 한편으로 삼별초에 대한 '회유 공작'(어루만지며 잘 달래는 작전)도 자주 벌였다.

1271년(원종 12) 1월, 원외랑 박천수가 몽골 사신과 함께 진도에 도착하였다. 그들은 삼별초를 회유하기 위한 원종의 유지(諭旨, 왕이 신하에게 내리는 글)와, 몽골 황제의 글월을 내밀었다. 삼별초측은 몽골 황제의 조서는 자기들에게 주는 것이 아니기 때문에 받을 수 없다 하며 박천수에게 도로 주어서 돌려보냈다. 그리고 원종의 유지에 대하여서는, '명령대로 복종하겠습니다'라고 대답하였다. 몽골 사신은 그 곳에 붙잡아 두었다.

몽골측에서는 또 다시 다음달 2월에 사신을 진도로 보내어 삼별초를 설득하였다. 그러나 삼별초측은 몽골의 이러한 회유 공작을 반대로 이용하여 지연 전술을 폈다. 그들은 몽골에 대하여 귀순하는 조건으로서 연합군의 철수를 요구하였다. 또 전라도를 차지하고 몽골에 소속될 것을 요구하기도 하였다. 이러한 삼별초측의 요구는 연합군으로는 도저히 받아들일 수 없는 내용들이었다. 삼별초는 이렇게 연합군측의 공격을 지연시키기 위한 전술을 펼쳤다.

삼별초의 세력은 갈수록 왕성하였다. 연합군에게 자주 타격을 줄 뿐만 아니라, 그들의 활동도 자못 활발하였다. 그들은 서쪽으로 장흥(전라남도)으로부터 동쪽으로 합포(마산)·금주(김해)·동래(부산) 등에 이르기까지 침략하였다. 이에 따라 국내 인심의 동요도 매우 심하여 그 형세는 자못 예측할 수가 없게 되었다.

1271년 4월, 연합군 총사령관 흔도는 드디어 적극적인 공격을 펼치기로 하였다. 그는 군사를 나누어 여러 길로 진도를 공격할 것을 황제에게 보고하여 허락을 받았다. 흔도는 금주에 주둔하고 있는 몽골군을 이용하기로 하였다. 마침 황제의 명령으로 일본에 가는 사신을 호송하였던 몽골군이 금주에 주둔하고 있었다.

당시 몽골 세조는 일본 정벌을 서두르고 있었다. 그래서 삼별초에 대한 회유 공작을 단념하였다. 그 대신 흔도의 의견을 좇아 여름 장마철이 오기 전에 진도를 공략하기로 하였다. 몽골 세조는 사신을 고려에 보내어 진도 침공 일자를 알렸다. 그리고 몽골의 증원군이 여름 장마철 전에 도착하기가 어려우므로, 고려에서 6천 명의 군사를 동원하라고 하였다. 또 140척의 병선을 추가로 동원하고 병참 물자의 공급도 요구하였다. 그때 진도 부근에는 이미 260척의 연합군 병선이 있었다. 고려는 이에 따라 군사들을 징발하고, 해군 300명도 동원하여 보내었다. 이들 고려군은 몽골 장수 홍다구가 거느리고 남하하였다.

1271년(원종 12) 5월 15일, 여·몽 연합군의 진도 총공격이 마침내 시작되었다. 김방경과 흔도는 오래전부터 해남 땅 삼견원에서 맞은편 바다 건너 진도 벽파정의 삼별초와 대치하고 있었다. 그들은 이제 증원군이 오자 공격 작전을 계획하였다. 김방경과 흔도는 연합군을 좌·우·중 3군으로 나누어 세 방면에서 공격하도록 작전을 세웠다.

김방경과 흔도는 함께 중군을 거느리고 벽파정을 향하여서 진격하였다. 연합군의 움직임을 관망하던 삼별초군은 벽파정으로의 공격이 시작되자 수비 병력을 이 곳에 집결시켰다. 이렇게 전투가 진행되는 와중에 좌·우군은 사전에 계획한대로 좌우로 흩어졌다. 홍다구가 거느리는 좌군은 장항(노루목, 진도군 고군면 원포리)쪽으로 상륙하여 용장성의 배후로 진격하였다. 우

배중손이 전사한 곳으로 전해 오는 남도 석성
(진도군 임회면 남동리)

군은 동면의 군직구미(벽파진과 마산포의 중간 지점)로 상륙하여 용장성의 동편 난곡으로 진격하였다. 삼별초군은 이 공격에 미리 대처하지 못하고 크게 패하고 말았다. 특히 좌군의 화공(火攻)에 놀라서 무너지게 되어 더 큰 타격을 입었다.

삼별초군은 그동안 연합군과 싸워 자주 승리를 거둔 결과로 적을 경시하는 마음이 생겼다. 몽골측의 회유 공작에 말려든 것도 삼별초를 방심하게 만들었다. 그리하여 방비를 소홀히 함으로써 이번 전투에서 패배하였다. 또 연합군이 벽파정 쪽을 집중하여 공격하는 척 하면서, 좌우로 기습하여오는 기만 작전을 간파하지 못한 것도 패배의 원인이 되었다.

몽골군은 여러 가지 공격 무기를 사용하였다. 그들은 최신의 화약 무기인 화창(火槍)과 화포도 이용함으로써 삼별초군에게 승리할 수 있었다. 특히 몽골군이 사용한 화창이 주목되는데, 어떠한 무기인지는 자세히 알 수 없다.

당시 남송의 화창은 큰 대나무통 안에 화약과 탄환을 넣어 만들었다. 탄환이 발사되면 포성이 나고, 그 소리는 150여 보까지 들렸다(『송사』 권197, 병지 11). 이와는 달리 금나라의 화창은 누런 종이 16겹으로 2자(약 60센티미터) 길이의 원통을 만들어, 버드나무 재·유황·쇠찌꺼기·비상 등으로 채운 다음 창 끝에 묶어 사용하였다. 원통은 화염 분출이 끝날 때까지도 훼손되지 않았다(『금사』 권116, 포찰관노 열전). 몽골군이 사용한 화창도 이 두 가지 중의 하나였을 것이다. 삼별초군에게는 굉장히 놀라운 신무기였음에 틀림없다.

진도 전투에서 살아남은 삼별초군은 김통정(金通精)의 지휘하에 제주도[1]로 들어갔다. 진도는 연합군의 수중으로 돌아왔다. 김방경은 달아나는 삼별초군을 추격하여 남녀 1만여 명과 전함 수십 척을 포획하였다. 또 섬 안에 축적된 식량 4천석과 각종 물자와 병기들을 거두어 개경으로 보냈다. 그 밖에 삼별초가 포로로 잡고 있던 강도의 선비들과 여자들, 그리고 진귀한 보물 및 진도 거주민들이 몽골군에게 포로로 붙잡혔다. 좌군의

---

1) '탐라'의 공식적 행정단위 호칭이 '제주'로 개편된 것은 1223년(고종 10년)이다(김일우, 『고려시대 탐라사 연구』, 도서출판 신서원, 2000, 240-242쪽).

여·몽 연합군의 진도 삼별초 공격도

홍다구는 가장 먼저 쳐들어가 삼별초측의 왕인 승화후 왕온과 그의 아들 등을 죽였다.

배중손도 이때 연합군에게 죽음을 당하였다. 진도에 전하여 오는 이야기에 따르면, 배중손은 남도 석성(진도군 임회면 남동리) 부근에서 전사하였다 한다.

5 삼별초의 제주도 항쟁과 최후

1271년(원종 12) 5월, 삼별초군은 진도에서 연합군에게 패배하였다. 이 패배로 삼별초군은 지도자 배중손이 전사하고 막강하였던 세력이 붕괴되었다. 살아남은 잔여 세력은 김통정의 지휘하에 제주도로 건너가서 최후의 항거를 하였다. 진도가 함락되자 남해현에 웅거하던 유존혁도 80여 척의 함선을 거느리고 제주도로 합류하였다.

1271년(원종 12) 11월, 개경 정부는 사신을 원나라(1271년 11월에 몽골이 나라 이름을 원으로 고침)에 보냈다. 원나라에게 제주도에 들어간 삼별초가 여러 섬들과 포구를 오가며 장차 육지로 진출할 염려가 있으니 섬멸하여 주기를 요청하였다. 오랜 전쟁으로 국력이 피폐하여진 고려로서는 스스로의 힘만으로는 제주도 삼별초를 토벌할 수가 없었다.

제주도로 건너간 삼별초군은 항파두성(북제주군 애월읍 고성리)[2]을 쌓고 항거를 계속하였다. 이곳을 거점으로 하여 내·외성과

해안에 장성(長城)을 쌓아 방어 시설을 튼튼히 하였다. 삼별초는 진도 전투의 패배로 조직이 무너졌기 때문에, 조직을 복구하고 방어 시설을 갖추기 위하여 한동안 군사 행동을 삼가하였다.

1272년(원종 13)이 되자 제주도 삼별초는 적극적으로 본토 연안을 공략하였다.

3월에서 5월 사이에는 전라도 회령(장흥) · 해제(무안) · 해남 · 탐진(강진) · 대포(정읍) 등을 침략하여 조운선 20척, 알곡 3천 2백여 석과 24명을 빼앗고, 12명을 살해하였다.

6월에는 삼별초의 배 6척이 안행량(충청남도 태안)을 지나 북쪽으로 향하니, 수도 개경 사람들이 놀래서 인심이 흉흉하였다.

8월에는 삼별초가 전라도 세곡 8백 석을 빼앗았다.

9월에는 삼별초가 고란도(충청남도 보령)를 침략하여 병선 6척을 불태우며, 선장을 죽이고, 홍주 부사 등 관리들을 사로잡아 갔다.

11월에는 안남도호부(경기도 부평)를 침략하여 부사와 그 아내를 붙잡아 갔다. 또 합포(마산)를 침략하여 전함 20척을 불태우고 몽골 봉수군(봉화불을 운영하는 군사) 4명을 납치하였다. 또 거제현에 침입하여 전함 3척을 불태우고 현령을 붙잡아 갔다. 삼별

---

2) 항파두성의 내성은 둘레 약 700m의 돌로 쌓은 성이고, 외성은 길이 6km 정도의 토성이다(국립제주박물관, 『제주의 역사와 문화』, 통천문화사, 2001, 113쪽).

초 배는 영흥도(경기도 안산)까지 진출하여 횡행(거리낌없이 제멋대로 행동함)하므로, 왕이 몽골 원수 흔도에게 왕궁의 호위를 요청하기도 하였다.

1273년(원종 14)에 들어서도 삼별초는 여전히 남해안을 횡행하였다.

1월에는 삼별초 배 10척이 낙안군(벌교)을 침략하였다. 또 합포를 침략하여 전함 32척을 불태우고 몽골군 10여 명을 죽였다.

3월에는 탐진현(강진)을 침략하여 군사 15명을 죽이고 11명을 납치하였다.

이와 같이 제주도를 근거로 한 삼별초군은 다시 그 위세를 본토 연안 일대에 떨쳤다.

삼별초군의 공격 목표는 지방 관리와 몽골인 또는 지방의 세곡을 중앙으로 실어 나르는 조운선과 전함 등이었다. 이것은 상대방의 물자를 빼앗아 항전 자원을 삼고, 적의 전함을 파괴하여 해상 작전에 지장을 주기 위함이었다. 그들의 전술은 지방 관원을 살해 또는 납치함으로써, 자신들의 위력을 과시하여 치안을 어지럽게 하려는 것이었다.

제주도 삼별초군의 행동은 진도 시대와 다를 바가 없었다. 다만 제주도에 들어온 뒤로는 그들의 활동이 대체로 해상에서만 이루어지고 내륙 깊숙이까지 미치지는 못하였다. 삼별초군은 진도의 상실로 말미암아 그 세력이 줄어들고 중심 인물을 많이 잃었다. 거기에다가 또 그들의 근거지인 제주도가 육지와 멀리 떨어져 있었기 때문이다.

삼별초는 제주도에 들어와 다시 해상 활동을 활발하게 펼쳤다. 몽골측에서는 무력을 사용하기에 앞서 또 다시 회유 공작을 폈다. 1272년(원종 13) 3월, 원나라는 개경 정부에게 제주도의 삼별초를 타일러 설득하도록 하였다. 개경 정부는 합문 부사 금훈을 초유사로 삼아 제주도로 보냈다.

초유사 일행이 추자도(해남과 제주도 사이에 있는 섬)에 이르렀다. 삼별초는 초유사 일행을 추자도에 억류하고, 국왕의 초유 문서는 빼앗아 항파두성의 김통정에게 보고하였다. 김통정은 초유 문서를 본 후, 사절을 시켜 이를 다시 초유사에게 되돌려 주며 돌아가게 하였다. 초유사는 김통정의 사절로부터 진도의 원한

항파두성 유적 (북제주군 애월읍 고성리)
사진 출처 : 국립제주박물관, 『제주의 역사와 문화』, 113쪽.

이 골수에 박혀 있다는 말을 전하여 들었다. 초유사가 이렇게 실패하고 돌아오자 개경 정부는 실패의 경과를 원나라에 보고하였다.

국왕이 보낸 초유사의 설득이 실패하였음에도 불구하고, 원나라는 회유 공작을 쉽사리 단념하지 않았다. 원나라 세조의 숙원은 일본 정벌이었다. 일본 정벌을 원활하게 수행하기 위하여서는 고려 전체의 협조가 필요하였다. 원나라의 회유 공작은 집요하였다. 그리하여 개경에 있는 김통정의 친척들을 제주도로 보내 그를 설득하게 하였다. 그러나 김통정은 이에 응하지 않았다. 회유 공작은 실패로 돌아갔다. 결국 원나라는 전부터 무력으로 토벌을 주장하던 개경 정부와 연합하여 제주도를 침공하였다.

1272년(원종 13) 11월, 원나라는 둔전군 2천 명, 한군(漢軍) 2천 명, 고려군 6천 명으로 제주도를 치기로 하였다. 고려 정부에 대하여는 군사 6천 명과 선원 3천 명을 요구하였다. 이에 고려에서는 군사를 징집하고, 각 도의 선박을 남해안으로 집결시키는 한편, 김방경을 원수로 임명하였다.

1273년(원종 14) 2월, 고려의 원수 김방경이 먼저 정예한 기병 8백 명을 거느리고 원나라 장수 혼도·홍다구 등과 함께 출정하였다. 여·원 연합군 1만여 명은 영산강 중류 반남현(전라남도 나주시 반남면)에 집결하여 3군의 부서를 편성하였다. 연합군은 얼

103

마 동안 반남현에서 바다를 건널 준비를 하면서 순조로운 날씨를 기다렸다.

　마침내 4월, 160척의 함선에 나누어 탄 여·원 연합군은 반남현을 출발하였다. 추자도에 기항하여 바람을 기다리던 연합군은 28일에 일제히 제주도로 진격하였다. 항파두성의 삼별초군 거점에 대한 연합군의 공격은 진도 때와 같이 세 방향에서 진행되었다. 김방경 등이 지휘하는 중군은 함덕포(북제주군 조천읍 함덕리)에 상륙하여 항파두성의 동쪽으로부터 공격하였다. 좌군은 비양도(한림읍) 지역에 상륙하여 서쪽으로부터 항파두성으로 진격하였다. 우군은 항파두성에 가까운 애월읍의 해변 일대에서 삼별초군을 유인하는 임무를 수행하였다.

　연합군의 공세에 압도된 삼별초군은 내성까지 후퇴하여 방어전을 폈다. 그러나 불화살로 공격하는 연합군에게 무너져 군사들이 크게 어지러웠다. 김통정은 그의 무리 70여 명을 거느리고 산중으로 도망쳤다. 그러나 결국 자결하였다. 나머지 무리들은 나와서 항복하였다. 김방경은 내성에 들어가 남아있는 삼별초의 우두머리 6명을 베고 35명을 사로잡았다. 항복한 1천 3백여 명의 삼별초군은 선박에 나누어 싣고 왔다. 그리고 제주도의 원주민들은 예전과 같이 그 곳에 살게 하였다. 흔도는 원나라 군사 5백 명을 제주도에 주둔시켰으며, 김방경도 1천 명의 군사들을 머물러 두었다.

이리하여 항몽 세력의 최후의 거점이 마침내 완전히 붕괴됨으로써, 4년에 걸친 삼별초의 치열한 항쟁이 막을 내리게 되었다.

삼별초의 항쟁이 진압됨으로써 고려 내의 몽골에 반대하는 세력은 완전히 제거되었다. 고려는 40여 년(1231-1273)에 걸친 몽

여 · 원 연합군의 제주도 삼별초군 공격도

골에 대한 끈질긴 항쟁에도 불구하고, 이후 원나라의 간섭을 받으면서 자주성을 크게 잃게 되었다.

정치면에서는 원나라의 부마국(사위의 나라)으로 전락하여 하나의 제후국(제후가 다스리는 나라)으로 격하되었다. 이제까지 국왕을 '폐하'로 부르던 것을 '전하'로, 국왕의 아들을 '태자'로 부르던 것을 '세자'로 불렀으며, 왕의 묘호(죽은 후에 붙여주는 시호)도 '조'와 '종'을 사용하지 못하고 '~왕'으로 부르게 되었다.

특히 영토도 많이 줄었다. 원나라는 함경도 영흥 지방에 쌍성총관부(雙城摠管府)를, 평양 지방에 동녕부(東寧府)를 각각 설치하였다. 그리고 삼별초가 진압된 뒤에는 제주도에 탐라총관부(耽羅摠管府)를 두어 목마장을 설치하였다. 원나라는 이들 지역을 직접 다스림으로써 고려는 영토가 크게 축소되었다. 다만 고려의 강력한 요구로 동녕부와 탐라총관부는 곧 반환되었다.

사회적으로는 이후 80여년 동안 원나라의 간섭을 받으면서, 몽골 풍속의 영향을 받아 몽골식 의복과 변발이 유행하는 등 고려의 풍속에 많은 변화가 일어났다.

장기간의 전쟁과 뒤이은 원나라의 간섭으로 가장 심각한 피해를 입은 것은 경제적인 면이었다. 전쟁으로 국토는 거의 황폐하여졌다. 게다가 원나라의 공물 수탈과 1274년(원종 15)·1281년(충렬왕 7) 두 차례의 일본 원정은 고려의 백성들에게 막대한 피해를 안겨주었다.

오랫동안 계속된 전쟁에서 몽골의 침략에 대항한 진정한 주체는 최씨 무신 정권이 아니라 각지의 농민과 천민들이었다. 당시 고려는 나라의 초기부터 이어져 온 군사 제도가 붕괴되었다. 무신 집권자들은 자신의 신변 보호와 정권 유지를 위하여 많은 사병을 거느리고 있었다. 이들 사병은 몽골과의 전쟁 일선에는 거의 투입되지 않았다. 각지의 농민과 천민들만이 산성이나 바다 섬에 들어가서 몽골군과 치열한 전쟁을 벌였다.

최씨 무신 정권은 정권의 유지와 강화도 방어에만 급급하여 효과적으로 몽골군에 대항하지를 못하였다. 오히려 강화도에서 개경 시절과 다름없는 사치를 누리면서 이를 지탱하기 위하여 백성들에게 과중한 수탈을 계속하였다. 따라서 육지에 남아 있던 백성들은 몽골의 침략과 강화도 정부의 수탈로 인하여 이중으로 어려움을 겪게 되었다. 이러한 어려움 속에서도 그들은 끈질기게 항전하여 국토를 지켰다.

맺음말

삼별초는 고려와 몽골 연합군의 우세한 병력의 공격에도 불구하고 4년이나 버티었다. 이 것은 삼별초가 매우 우수한 정예 전투 병력이었기 때문이다. 이와 더불어 당시 개경 정부와 몽골군에 저항하는 민중들의 의식도 삼별초의 항거에 적극적으로 호응하였다.

삼별초의 항쟁에 대한 역사적 평가는 시대와 보는 사람의 입장에 따라 여러 가지로 나타난다. '반역'으로 보는 사람이 있는가 하면, '민족 항전'으로 보는 사람도 있다. 또 민중이 이 항쟁에 적극적으로 참여하였으므로 '민중 항쟁'으로 보는 시각도 있다.

여기서 필자는 이러한 역사적 평가보다는 우리나라 해양 활동 역사의 시각에서 그 항쟁의 의의를 이렇게 보고 싶다.

첫째는 고려 수군의 자신감과 강인한 정신력을 보여주었다. 삼별초가 몽골에 굴복하지 않고 항쟁할 수 있었던 것은, 고려가 수군력에 의지하여 40여 년간 강화도에서 버틸 수 있었던 자신감으로부터 말미암은 것이다. 여기에 몽골과의 오랜 전쟁으로 다져진 강인한 정신력이 그 항쟁의 밑바탕을 이루게 되었다.

둘째는 삼별초의 항쟁은 주로 수군에 의하여 수행된 해상 유격전이었다. 삼별초 항쟁군은 1천여 척이라는 많은 선박과 섬에 의지하여 항거하였다. 그들의 활동은 주로 바닷가와 해상에서 벌어지게 되었다. 이리하여 항쟁군의 투쟁은 해상 유격전으로 펼쳐질 수밖에 없었다.

셋째는 삼별초군의 항쟁이 우리나라 수군의 전술 발전에 큰 기여를 하였다. 삼별초군은 수군 근거지의 건설과 유지·해전·상륙전·기습전 등 여러 가지 전술을 펼침으로써, 우리나라 수군의 전술 발전에 기여하였다. 이렇게 형성된 수군의 전통은 먼 훗날 16세기 임진왜란에서 조선 수군의 빛나는 활약으로까지 이어지게 되었다.

【참고문헌】

『高麗史』

『高麗史節要』

『元史』

『元高麗紀事』

『新增東國輿地勝覽』

『東國李相國集』

강화군 · 육군박물관,『강화도의 국방유적』, 2000.

국립제주박물관,『濟州의 歷史와 文化』, 통천문화사, 2001.

金塘澤,『高麗武人政權研究』, 새문사, 1987.

金庠基,『東方文化交流史論攷』, 乙酉文化社, 1984.

金庠基,『新編 高麗時代史』, 서울대학교출판부, 2006.

金日宇,『高麗時代 耽羅史 研究』, 도서출판 신서원, 2000.

박용운,『고려시대사(수정 · 증보판)』, 一志社, 2009.

변태섭,『고려사의 연구』, 삼영사, 1982.

오붕근,『조선수군사』, 사회과학출판사, 1991.

유재성,『對蒙抗爭史』, 국방부 전사편찬위원회, 1988.

윤용혁,『고려 삼별초의 대몽항쟁』, 一志社, 2000.

尹龍爀,『高麗對蒙抗爭史研究』, 一志社, 2004.

李基白,『高麗兵制史研究』, 一潮閣, 2002.

李丙燾,『韓國史(中世篇)』, 乙酉文化社, 1972.

이홍직,『國史大事典』, 민중서관, 1997.

정진술,『한국 해양사(고대편)』, 경인문화사, 2009.

진도군,『진도 용장성 지표조사보고서』, 1985.

한국학중앙연구원,『한국민족문화대백과사전』(http://encykorea. aks.ac.kr/).

한영우,『다시 찾는 우리역사』, 경세원, 1998.

陸錫興 主編,『中國古代器物大詞典(兵器・形具)』, 河北敎育出版社, 2004.

존 K. 페어뱅크 등 3인 저, 김한규 등 3인 역,『동양문화사(상)』, 을유 문화사, 1999.

姜晉哲,「蒙古의 侵入에 대한 抗爭」,『한국사』7, 국사편찬위원회, 1973.

高柄翊,「元과의 關係의 變遷」,『한국사』7, 국사편찬위원회. 1973.

金潤坤,「三別抄의 對蒙抗戰과 地方 郡縣民」,『東洋文化』20・21합 집, 영남대동양문화연구소, 1981.

羅鐘宇,「高麗武人政權의 몰락과 三別抄의 遷都抗蒙」,『圓光史學』4, 1986.

閔丙河,「崔氏政權의 支配機構」,『한국사』7, 국사편찬위원회, 1973.

閔賢九,「蒙古軍・金方慶・三別抄」,『한국사 시민강좌』8, 일조각, 1991.

朴菖熙,「武臣政權時代의 文人」,『한국사』7, 국사편찬위원회, 1973.

申安湜,「고려 최씨 무인정권의 대몽강화 교섭에 대한 일고찰」,『國史 館論叢』48・49, 1993.

李益柱,「고려후기 몽고침입과 민중항쟁의 성격」,『역사비평』24, 1994.

주채혁,「몽골-고려사 연구의 재검토-몽골・고려 전쟁사 연구의 시각 문제」,『애산학보』8, 1989.